ハヤカワ・ミステリ

JORDAN HARPER

拳銃使いの娘

SHE RIDES SHOTGUN

ジョーダン・ハーパー

鈴木　恵訳

A HAYAKAWA
POCKET MYSTERY BOOK

装幀／水戸部 功

ケネス・クロスホワイトをしのんで

道はひどく薄暗く、
導いてくれる標もなかった。
だがたとえすべての道が行き止まりでも、
死ぬまで決してあきらめないと、
ふたりは心を決めていた。

――ボニー・パーカーが逃亡中に書いた詩

拳銃使いの娘

登場人物

ポリー……………………………11歳の少女
ネイト・マクラスキー……………ポリーの父親
エイヴィス…………………………ポリーの母親
トム…………………………………ポリーの継父
ニック………………………………ネイトの兄
ビッグ・カーラ……………………ネイトの旧友
クレイジー・クレイグ……………〈アーリアン・スティール〉の総長
ディック……………………………同・副官
シャーロット………………………同・連絡役
チャック……………………………クレイジー・クレイグの弟
A・ロッド…………………………〈ナチ・ドープ・ボーイズ〉の殺し屋
スカビー……………………………同・味見役
ボクセル……………………………〈ラ・エメ〉のボス
ハウザー……………………………ハングツリーの保安官
ジミー・キャレン…………………同・保安官補
ジョン・パク………………………フォンタナ警察の刑事

0

クレイジー・クレイグ
ペリカン・ベイ

皮膚に刻まれた数々の刺青とナイフ傷が、男の経歴を物語っていた。男は夜のない部屋で暮らし、おのれを神と見なしていた。

クレイジー・クレイグ・ホリントン。ペリカン・ベイ州立刑務所の終身刑囚にして、〈アーリアン・スティール〉と称する刑務所ギャングの総長。つまりカリフォルニアのダーティ・ホワイトボーイズすべての総長でもある。照明が二十四時間つきっぱなしの超重警備監房で人生を送っており、綿棒より硬いものは所持を禁じられていた。ほかの受刑囚から隔離するために、監房の入口まで週に二度、シャワーストールが転がされてきた。だが、この神はほかの男たちをおのれの体としていた。

まず、口となる男たちがいた。だからその処刑命令は超重警備監房を出た。〈アーリアン・スティール〉に金で抱きこまれている悪徳看守が、クレイジー・クレイグからの命令を、一般房にいる配下のホワイトボーイたちに伝えたのだ。

血となる男たちもいた。そいつらがクレイジー・クレイグからの処刑命令を刑務所じゅうに〝凧〟でまわした。紐につけて監房から監房へと放りこむ紙片だ。命令は〝塀の内外にいるすべての忠実なる兵士に告ぐ〟という言葉で始まり、〝スティールよ永遠なれ、永遠なれスティールよ〟というモットーで締めくくられていた。そのあいだに記されていたのは仇討ちだ。刑を宣告されたのは三名。男ひとり。女ひとり。子供ひとり。具体的な流血行為が明記されていた。いわば組織防衛の旧約聖書だ。

彼には足となる男たちもいた。命令を娑婆に送った受刑囚たちが。そいつらは家族への手紙にそれを簡単な換字式暗号で記して送った。供述書に画鋲で打った点字で送った。封筒の裏に小便で書いたあぶり出しで送った。面会室でも送った。自分の女がキスをしながらドラッグを詰めた風船を口移しにしてくれると、かわりに処刑命令をささやきかえすのだ。命令はカリフォルニアじゅうに広まった。田舎レイシスト（ペッカーウッド）のギャングや、貧乏白人（ホワイト・トラッシュ）の売人のたむろするところならどこにでも。彼らはそれをスラブタウンや、サン・ヴァレーや、フォンタッキーで読んだ。命令は〈アーリアン・スティール〉の構成員と予備軍のあいだに広まった。〈スティール〉の傘下に連なる田舎ギャングのメンバーに広まった。〈ペッカーウッド・ネイション〉。〈ナチ・ドープ・ボーイズ〉。〈ブラッド・スキンズ〉。〈オーディンズ・バスターズ〉。

彼には眼となる男たちもいた。ハンティントン・ビーチのスキンヘッドふたりが、三日間ぶっとおしのクランク・パーティでギンギンのまま、指名手配ポスターを作成した。処刑命令に写真をつけて、それを公にした。命令を一語一句たがえずに載せ、噂をつなぎあわせ、写真をインターネットから拾った。警察で撮られた男の顔写真。女と子供が一緒に写っている写真。ポスターは次々に転送された。みな事実と言葉と顔を記憶した。

彼には手となる男たちもいた。わずか数日にして、ポスターはひとりの男のもとへ届いた。喉に切り取り線の刺青を入れた、大金を夢見る男。住所が調べられ、計画が立てられ、武器が用意され、血の契約が結ばれた。

神の意志は実行された。

第一部

金星から来た少女

—

内陸帝国（インランド・エンパイア）*

*カリフォルニア州南部の内陸部のこと

1

ポリー
フォンタナ

負け犬のように背を丸めて、顔を髪で隠してはいても、少女は拳銃使いの眼をしていた。

あんたの父さんそっくりの拳銃使いの眼だ。母親にはよくそう言われたものだ。母親が別れた夫のことを、ひどい目に遭わされた恨みを交えずに話せるようになるのは、たいていハイボールを何杯か飲んだあとだった。氷をぼりぼりと嚙みくだくと、その独特な淡いブルーの瞳のことをポリーに話すのだ。ワイルド・ビル・ヒコックも、ジェシー・ジェイムズも、戦闘機のパイロットも、みんなそういう眼をしていたんだよ。軍の狙撃手学校は、そういう色褪せたブルーの瞳を持つ新兵を探すんだよと。ポリーは自分が本当はどう思っているかを母親には言わなかったものの、もし言ったとしたら、拳銃使いの眼なんて話はみんな嘘っぱちだとしか思えない、と言ったはずだ。自分がそんな眼を持っているはずはない。拳銃使いではないのだから。ポリーは暴力をふるわなかった。せいぜい爪のまわりの皮膚と唇の肉を、ぼろぼろにかじるだけだった。

だから拳銃使いの眼のことなどあまり考えたことはなかった。少なくともその日、フォンタナ・ミドルスクールの正面玄関を出たところで、そこにいた父親の眼をのぞきこむまでは。

拳銃使いの眼だった。たしかに。それはポリーの眼とそっくりの色褪せたブルーだったが、その奥には何か、ポリーの首筋の脈をどきどきさせるものがあった。のちにわかったのだが、その眼に映っているのはいま見ているものだけではなかった。すでに見たものも映っていたのだ。

ポリーはもう十一年の人生の半分近く、父親に会っていなかったが、そこにいるのはまちがいなく父親だとわかった。それに、父親がそこに立っているのを見て、ほかにもわかったことがあった。きっと脱獄してきたのだ。父親は悪い人で、強盗だから、本当なら刑務所にいるはずなのだから。あんたの父さんはね、夫や父親でいるより、悪い人でいるほうが好きだったの。母親はそう言っていた。父親がときどき手紙を送ってくるのは知っていたが、母親は読ませてくれなかったし、どのみち数年前にはその手紙も来なくなった。悪い人を父親に持つのは、父親などいないのと同じようなものだった。あと四年刑務所にいて、やっと釈放することを考えてもらえるようになるけれど、それも父さんが真面目にやっていたらの話で、ネイト・マクラスキーにそんなまねができるとはとうてい思えないね。母親がそう言うのをポリーは聞いたことがあった。

だから父親が学校の前にいて、スーザンヴィルの刑務所にいないとしたら、脱獄してきたに決まっていた。ポリーは迷った。逃げるべきだろうか、それとも大声でほかの子の親か先生に、助けを求めるべきだろうか。だが、ポリーはどちらもしなかった。そこに突っ立ったまま、恐怖で凍りついていた。

大声で助けを求める必要などないのかもしれない。大人ならこれを見れば、何かよからぬことが起きているのはわかるはずだ。父親はいかにも場ちがいに見えた。まわりの親はみな、普通の親らしい穏やかな体と穏やかな眼をしているのに、ポリーの父親はごつごつの岩から削り出したような顔をして、クラスの男の子たちがノートの裏に書くような、ドラゴンだの、鷲だの、斧を手にした男だのの刺青を、いたるところに入れていた。筋肉はやたらと大きく、ぴちぴちに張りつめているから、皮膚がないみたいに見える。筋肉にじかに刺青をしているみたいに。髪は、写真ではポリーと同じくすんだブロンドだったが、今はきれいに剃りあげている。顔には、ポリーがこの数年のあいだに見つけた二枚の写真でも、おぼろげな記憶でも、見たことのない表情が浮かんでいた。その表情が何を意味するのかよくわからなかったが、なんであれ、ポリーはますます不安になった。

空気の汚れた暑い日で、子供たちはさっさとエアコンのきいた親の車へ歩いていく。ポリーには眼もくれなかった。すでに顎を血で濡らしているライオンが、ガゼルには眼もくれないのと同じだ。脱獄囚の父親がホラー映画の登場人物みたいに眼の前に立っているというこのいかれた瞬間にさえ、ポリーは自分が無視されていることに、負け犬の安堵を覚えた。

四年生のときポリーのことを最初に〝貧ケツ〟と呼んだマディスン・カートライトが、どすんとぶつかってきた。携帯を見るのにいそがしくて前を見ていなかったのだ。マディスンはいつも新しい服を着ているし、もうおっぱいもあるし、月面でも歩くみたいに楽々と人生を歩んでいる。彼女にじろりとにらまれたポリーは、スーパーマン光線でも浴びたみたいに体がかっとなった。マディスンは辛辣なことを言おうと口をひらいたが、そこでポリーの父親に気づいた。その筋肉とドラゴンと拳銃使いの眼に。あんぐりと口をあけたまま、マディスンは向きを変えてあたふたと立ち去った。これほど泣きだしそうでなかったら、ポリーはその滑稽さに笑いだしていただろう。

というわけで、ポリーと父親だけがそこに立っていた。継父の好きなカウボーイ映画で見た真昼の決闘みたいに、汚れた空気と沈黙だけをあいだにはさんで。

「ポリー」と父親が言った。毛糸みたいにちくちくする声だった。「おれがわかるか？　誰かわかるか」

舌がふくらんでしゃべれなくなった気がして、ポリーは無言のまま〝うん〟とうなずいた。ほとんど無意識で後ろに手を伸ばし、バックパックから顔を突き出している熊の耳をつねった。いつものようにそれが気持ちを落ちつけてくれた。引っぱり出して抱きしめたいという衝動を抑えた。

「よし」と父親は言った。「じゃ、おれと一緒に来るんだ。今すぐ。つべこべ言ってる時間はない」

父親は向きを変えて道路のほうへ歩きだした。ポリーの脳はついていくなと命じていた。中へ走っていって、リチャードスン先生を見つけな。助けて助けて助けて、と叫びなと。

だが、ポリーはそのどれにも従わなかった。全力で逃げたいと思っているのに、おとなしくついていった。逃げたいという衝動も、助けてと叫びたいという衝動も、ほかのいっさいを押しこめているところへ押しこめて。それ以外に何ができたろう？

父親は窓を全開にしたおんぼろ車にポリーを連れていった。ポリーは乗りこむと、バックパックを膝のあいだに置いて、片眼の熊が傷だらけの黒い眼で自分を見あげるようにした。

ハンドルのつけ根の、キーを差しこむところにあるはずの銀色のキャップがなくなっていた。そこにぽっかりあいた穴から、金属とコードが突き出している。父親は座席の下を探って、汚れた長いドライバーを取り出した。それを穴に突っこんでひねった。車がごほんと咳をした。エンジンはかからなかった。

ポリーはキーがないことと、父親が悪い人だということを結びつけて、いま自分が乗っているのは盗まれた車なのだと気づいた。窓から学校をふり返った。もしかしたら現実の自分がまだそこで、汚れた空の下に立っているかもしれないと思ったのだ。

バックパックのジッパーをあけて、熊を引っぱり出した。身長三十センチ、体は茶色で、手足の裏と耳と鼻面が白い。といっても、実際にはもう白くない。図工の時間に使うマニラ紙の色になっている。黒いガラスの眼は片方がなくなり、乾いた糊の跡だけが緑内障のように残っている。慣れた手で熊を動かして膝の上に立たせ、まわりを見まわさせた。何時間も何時間も練習していたので、今では熊の動きに、生きている本物の熊のような滑らかな優雅さがそなわっていた。

「まったくもう」と前に母親に言われたことがあった。「あんたが何を考えてるかより、その縫いぐるみが何を考えてるかのほうが、はるかによくわかる気がすることがあるよ」

　頭の中で母親の声がよみがえり、ポリーは不思議に思った。母さんはどこにいるんだろう。どうしてこんなことを許してるんだろう。

「もう縫いぐるみって歳じゃないだろう」父親が言った。

　熊は〝そんなことない〟というように首を振った。父親はポリーを見た。彼女が熊を生きているみたいに動かすと、みんなそういう眼でポリーを見る。その眼はこう問いかけていた。おまえ、頭がいかれてんのか？

　ポリーは自分がいかれているとは思わなかった。もう縫いぐるみという歳ではないことはわかっていた。その熊が生きてはいないこともわかっていた。ただの詰め物とけばけばだということもわかっていた。気にしていないだけだった。

　やっぱりいかれているのだろう。

　自分の手の中で熊が踊るのを見ているうちに気持ちが落ちついてきて、集中できるようになり、父親を最初に見たときからずっと訊きたかったことを、やっと訊けるようになった。

「脱獄したの？」

　父親は鼻からふっと息を吐いた。笑いの遠い親戚みたいなものだ。

「いや。弁護士のぺてんみたいなもんで釈放されたんだ」

どういうことなのかわからなくて、ますます不安になった。せめて脱獄なら、ポリーの頭でもラベルを貼って理解できた。〝弁護士のぺてん〟なんて、さっぱり意味がわからなかった。

父親はエンジンを生き返らせた。だが車を発進させる前に、ルームミラーで何かに気づいて、シートの上で姿勢を正した。何に気づいたのだろう、とポリーはふり返った。パトロールカーがスクールゾーン速度でかたわらをゆっくりと通りすぎていった。ポリーはこれまで経験したことのない感覚を覚えた。この世界とそこにあるいっさいが、ただのガラス板になって、今にも砕けるのではないかという気がした。

パトロールカーは見えなくなった。父親は何かひとりごとを言った。〝歩くゾンビ〟と言ったように聞こえた。なんでそんなことを言うんだろう？

パトロールカーはいなくなっても、さっきまでしっかりしているように思えた世界がただのガラスになったという感覚は消えなかった。そのときも、それからも。

父親は車を出した。ポリーはサイドミラーに映る自分の顔に気づき、父親の顔に浮かんでいるこれまで見たことのない表情がなんなのかを悟った。それはポリーの顔ならごく普通だが、父親の顔にはまったく不似合いなもの――恐怖だった。

2

ポリー

フォンタナ／ランチョ・クカモンガ

　ハンドルが手から逃げ出すかもしれないとでもいうように、父親はそれをしっかり握っていた。ゆっくりと運転し、車線を変えたり道を曲がったりするときには、かならず合図を出した。ひと言も口を利かなかった。車を駐めたのは、野球のボールからカヌーまでなんでも買えるような大型スポーツ用品店の駐車場だった。

「おとなしく座ってろ」と父親は言った。「ちょっかいを出してくるやつがいたら、警笛を鳴らせ。ちゃんと聞いてるから」

　ポリーは父親が店にはいっていくのを見送った。おしっこをしたいのに気づいた。ものすごく。だいぶ前からしたかったのに、ほかのことが心配で気づかなかったのだろう。親指を嚙み、爪のそばの肉に瘤を見つけた。歯を食いこませ、引きちぎると、鋭い痛みが走った。両足でダッシュボードを、どすどすどす、と蹴った。バックパックに手を突っこんで、図書館から新しく借りてきた本を捜した。そのなかからUFOの本を見つけた。宇宙のことを読むのが好きだった。ポリーは金星から来たのだから、それも当然だった。

　九歳のとき——父親がいなくなって三年後、手紙を書いてくれなくなった年——ポリーは金星生まれになることにした。本気で別の惑星から来たと思っていたわけではない。自分の生まれはわかっていたし、エイリアンなんて信じていなかった。それでもやっぱり、ポリーは金星から来たのだった。

あれはたしか、宿題をやっていかなくなったころだった。最初にやっていかなかったのは、たんに忘れたからだ。五年生のときの担任だったフィリップス先生は、罰としてポリーを休み時間に外へ行かせなかった。だが、それはポリーにしてみれば、もちろん罰ではなかった。校庭に出たらポリーはほかの子たちの餌食でしかない。だから外で休み時間が荒れ狂っているあいだ、教室で幸せに自分の席に座っていた。教科書を読んでいたわけではない。教科書なんか、退屈でつまらなくて、髪を引きむしりたくなる。だから読みたいものを読んだ。授業中より休み時間のあいだに学んだことのほうが多かった。二度と宿題はやらないと心に誓った。

次の週のある日、校長先生がフィリップス先生の教室にやってきて、ポリーを連れていった。廊下に自分たちの足音が信じられないほど大きく響いていたのを憶えている。授業中に校舎内を歩いているというあの、いけないことをしている感覚を。連れていかれた部屋には白いセーターを着た女の人がいて、ポリーにテーブルの向かいに座るように言った。口紅が歯についていて、血を吸ってきたばかりの吸血鬼みたいに見えたのを憶えている。

吸血鬼はポリーに迷路をいくつも解かせて、時間を計った。単語のリストを見せて、それぞれにどんな関係があるかを答えさせた。ブロックを組み合わさせた。

「なんかグラフを見せられたよ」と母親があとで車の中で言った。「こんなふうなやつ」と欠けた青い爪で宙に山型を描いてみせた。「で、これはみんなの頭のよさを示す曲線だって言うの。ほとんどの子は真ん中にいるんだって。あたしには、ほとんどの人間が馬鹿の側にいるように思えるけど、ま、それは置いといて。あの人が言うには、知恵の遅れてる子は——遅れてるとは言わなかったけど、そういう意味だった——この曲線のずっと左のほうにいるんだって。で、あんたはね、ずっと右のほうにいるんだってよ」

そう言いながら母親は横眼でポリーを見た。まるでポリーがそのことを母親に秘密にしていたみたいに。おなかの内側がよじれるのがわかった。ポリーは本から眼を離さなかった。金星の写真から。それは宇宙に浮かぶ淡く白い真珠だった。すごく穏やかに見えた。〝静謐〟という言葉をその本は使っていた。いい言葉じゃない？

さらに読んでいくと、金星は一見静謐そうに見えるけれど、それは外側から見た姿にすぎないと書いてあった。金星に行ってみれば、その穏やかな表面は実際には酸の雲で、その静謐な空の下にあるのは、ごつごつの岩と、吹きすさぶ暴風だけなのだと。真珠色のこの惑星が内側に嵐を抱えているというところを読んだとき、ポリーの脳からぽんと、その考えが完全な形で生まれた。**あたしは金星から来たんだ。**そんなふうにポリーは感じた。外見は静かでおとなしいけれど、内面では酸の嵐が吹き荒れているんだと。自分はどうしてそうなのか、どうして外側はひどくおとなしいのに内側では大声で叫んでいるのか、ずっとわからなかったけれど、今わかった。

あたしは金星から来たんだ。

たぶんそのせいなのかもしれない。だからあたしの脳は、ほかの子たちの脳みたいには働かないように思えるんだ。だからあたしの脳は、いつまでも動きやまないんだ。だからあたしは、ほかの子たちみたいに気楽にみんなに話しかけられないんだ。だからみんな、あたしを押しのけるんだ。だからみんな、あたしが金星から来たことを嗅ぎつけるんだ。実際には金星から来たわけじゃないけど。現実じゃなくてもかまわない。大切なのは真実だということだ。

今、スポーツ用品店の駐車場で、ポリーの金星の子の脳は、同じ問いを繰りかえし叫びつづけていた。

なんで父さんが迎えにきたの？ なんで盗んだ車に

乗ってるの？　なんで後ろを振りかえってばかりいるの？　母さんはどうしたの？

たとえ父親が脱獄したのではなかったとしても、たとえこの車が盗まれたものではなかったとしても、ポリーは母親が父親をどう思っているかよく知っていたので、父親を迎えによこすはずなどないことはわかっていた。隣家のルースに頼むか、学校に電話してくるか、さもなければ、昼間は家で寝ている夜勤の継父のトムを起こして、迎えにこさせるはずだ。

逃げな、と脳は命じていた。**車から降りて逃げな。母さんはあんたにここにいてほしくないはずだよ。**

ポリーは本と熊をバックパックに入れた。ドアの把手に手をかけた。長い一瞬が過ぎた。自分の内面にあるもののせいで動けなかった。酸の暴風の下に閉じこめられているもののせいで。父親がビニール袋をさげて店から出てきた。ポリーはドアの把手から手を離した。内側ではいろんな考えを吹き荒れさせてはいても、外側では何もしなかった。彼女は金星の子だった。

父親は眼をしかめつつ夕陽に向かって車を走らせた。〈オートクラブ・スピードウェイ〉の反対側の、ランチョ・クカモンガにある一軒のモーテルに投宿した。途中でファーストフード店に寄って食べるものを買った。

モーテルの部屋は焦げたゴムのようなにおいがした。太陽は低く傾いていた。窓のむこうでオレンジ色に輝いて、中にはいってドアを閉める父親を、光で縁取られた大きな黒い影にした。ポリーはバスルームに駆けこむと、父親に音が聞こえてしまうだろうかと心配しながら、おしっこをした。

バスルームから出ていくと、父親はドアの横のテーブルにスポーツ用品店の袋の中身を出していた。ポリーはファーストフードの袋からチキンナゲットを探し出してベッドに座り、自分のオレンジドリンクのストローを熊の鼻面に持っていった。熊は〝おいしかった〟というようにおなかをなでた。

父親は買ってきたものをひとつずつならべた。子供用サイズの金属バット。黒のフードつきパーカーと、黒のスエットパンツ。黒のスキーマスク。蛇のようにポリーを威嚇してくるように見える、長くて恐ろしげなハンティング・ナイフ。

父親は子供用バットを手に取ると、ひょいと放りあげて太いほうの端をつかんだ。そして細いほうの端をポリーのほうへ差し出した。

「これを持て」と言った。ポリーはチキンナゲットを呑みこんだ。呑みこもうとすると急に喉の奥で巨大になった。バットを受け取った。つかむと冷たかった。自分がかっかと燃えているのがわかった。父親は隅の椅子からクッションを取って、それをかまえた。

「ここをめがけて振ってみろ」と言った。ポリーは助けを求めるように熊をふり返ったが、もちろん熊は助けてくれなかった。

「熊なんかほっとけ」と父親は言った。〝ふざけないほうがいいぞ〟という眼をしている。「実力を見せてみろ」

ポリーは振った。ぎくしゃくして、うまくいかなかった。バットはぱすっとクッションをかすめた。体育の授業の悪夢がよみがえってきた。みんなにうんざりした残酷な眼で見つめられながら、上体起こしをしようともがいたり、側転に失敗したりする記憶が。

「なんだよ。それじゃだめだ」父親は言った。

ポリーの横にひざまずいたので、汗くさいにおいが漂ってきた。そのにおいに包みこまれたわずかばかりのおぼろげな記憶が、脳裡によみがえった。父親はごつい手でポリーの両肘を動かした。片方の足首をつかんで引っぱり、足の幅を広げさせた。ポリーはバランスを崩して父親の肩につかまり、あわてて手を離した。

「これでいい」と父親は言った。「スタンスを大きく取らなきゃだめだ。腕じゃなくて、体で振るんだ」

ポリーはもう一度振った。やはりぎくしゃく。やはり空振り。父親は身じろぎをし、うめき声を漏らした。体育の授業の光景がますます強烈によみがえってきた。もう一度振った。またしても空振り。父親はクッションを脇へ放った。腹を立てていて、それを隠そうとしているのがわかった。ポリーの内側で酸のハリケーンが渦を巻いた。

「もういい」と父親は言った。「おれが出かけたら、あのドアをふさぐんだぞ。ノブの下に椅子かなんかかましとけ。おれ以外は誰も入れるなよ」

ドアを二度ノックして、いったん休み、三度ノックした。

「今のが合図だ。今みたいにたたかなかったら、おれでも入れるなよ。もし誰かがドアを蹴やぶってはいってきたら、そのバットでぶん殴れ。膝をもろに。思いきり。骨をへし折るつもりで。それで相手は少し体を折るはずだ。そしたらそいつの頭にそのバットを、できるだけ力いっぱいたたきこめ」

空を飛べと言っているようなものだった。

「できないよ――」

「できるだけと言っただろ。ベッドの下に隠れたりなんかするなよ。ベッドの下なんか誰だってのぞく。とにかくぶん殴って逃げるんだ。腕に青い稲妻の刺青を入れているやつを見かけたら、そいつが誰でも――誰でもだぞ――ぶん殴って、ぶん殴って、ぶん殴れ。そいつが動かなくなるまで殴りつづけろ」

自分の体にどれだけ血があるか、そんなに意識したのは初めてだった。血であふれていた。そこらじゅうが脈を打っていた。指先がじんじんし、心臓が胸を蹴り、耳の奥がどくどく、ごおごお、いっていた。血でいっぱいで、空気のはいる余地がなかった。

「青い稲妻を腕に彫ってる。それは悪い野郎だってことだから、頭をカチ割っても罪にはならない。いいな、言ったとおりにしろよ」

そう言うと、父親は袋を持ってバスルームへはいっていった。外はもう暗くなっていた。ポリーのところからドアまでは四歩だった。ポリーはそちらへ近づかなかった。父親が黒のスエットパンツに黒のパーカーを着て出てきた。スキーマスクは片方のポケットに入れている。ナイフはもう片方にはいっていた。

「それと、この部屋から出るなよ」と父親は言った。「まじだぞ。命がかかってるんだ、いいか？」

ポリーは恐怖で溺れそうになった。

「行かないで」と言った。そう口にしたとたん、体の中で吹き荒れているものをすべて吐き出しそうになった。それをぐっとこらえると、喉で固いかたまりになった。

「ああくそ」と父親は言った。「怖いのはわかる。怖がらなくていいなんて、嘘を言うつもりはない。やばいことが起きてるんだ。どえらくやばいことが。こんなことをするのには、するなりの理由があるんだよ。だけど、おれがかならずなんとかする。おれが――」

そこで父親は何かほかのことを言おうとするように、でなければ近づいてきて、数年ぶりにポリーを抱きしめようとするように、黙りこんだ。だが、結局そのまま、じっと床を見おろしていた。

「お願い」ポリーは叫びたかったが、出てきたのはかすれ声だった。

「とにかく、殴りつづけるんだぞ」そう言うと、父親は出ていった。

ポリーは闇の中に立っていた。さまざまな夜の物音が蝙蝠のソナーみたいに跳ねかえってきた。ドアのところへ行ってノブに手をかけ、眼を閉じた。まぶたの裏に、青い稲妻の刺青をした顔のない男たちが、黄色い鋸みたいな歯をむきだしているのが見えた。

だめ。逃げるのはむり。

ドアから離れた。バットを拾いあげて、ベッドの自分の横に置いた。横向きに寝ころんで、熊を抱いた。熊は汚れた手でポリーの腕をさすった。よしよし、よしよし。それで少し気持ちが落ちついた。熊が本物でなくてもかまわなかった。大切なのは、熊が真実だということだった。

3

ネイト

フォンタナ

別れた妻のエイヴィスは、暗い寝室の夫のそばの床で刺し殺されていた。だが、それだけで、ネイトの知りたかったことがすべてわかったわけではなかった。知りたかった答えを教えてくれたのは、リビングルームのテーブルにあったビール缶のてっぺんに煙草の灰をなすりつけた跡だった。それが、頭の中に繰りかえしこだましていた問いに答えてくれたのだ。兄のニックの幽霊が発していた問いに。

やつらはあの子を追っているのか?

ポリーを置いたままモーテルを出て、エイヴィスの家までやってきてそこに押しいったとき、ネイトは自分が探しにきたのが灰のついたビール缶だとは思っていなかった。エイヴィスの死体を見つけるだろうとは思っていたが、実際に見つけても、わかったのは、求めている答えの一部だけ――自分が地獄へ落ちるということ、自分がここまで生き延びたせいで、エイヴィスと新しい夫を死なせてしまったということだけだった。このあとどうしたらいいかはわからなかった。

ネイトは父親を知らなかった。父親はネイトが四歳のとき、建設現場の事故で墜死した。だから兄のニックが代わりにいろんなことを教えてくれた。学校の勉強ではない。そんなものはむろんクソの役にも立たない。そうではなく、世の中のこと、その世の中で男として生きることについて教えてくれたのだ。口の利きかた、喧嘩のしかた、嘘をついていいときと、まずいとき。痛みに人一倍耐えられるやつがいちばん強いこと。ネイトは十一のとき、むりやりジムに連れていかれて、パンチの受けかたと、その痛みのこらえかたを教えられた。十六のときには、むりやり酒屋に連れていかれて、拳銃とスキーマスクを渡され、強盗のしかたと、強盗をすることの痛快さを教えられた。かたぎの仕事など格好の悪いことで、欲しいものを欲しいときに手に入れるほうがずっといいことを。刑務所に入れられてニックと離ればなれになるころには、ニックの教えがすっかり身についていて、頭の中でニックがどうすればいいのか教えてくれるようになっていたし、のちにニックが死んだときでさえ、ニックの声が頭の中でいつもどおりにはっきりと聞こえてきた。その声がなければ、自分が何者なのかもわからないほどはっきりと。

やつらはあの子を追っているのか？

エイヴィスの夫は頭をたたき割られて、下着のままベッドにうつぶせになっていた。寝込みを襲われたらしい。ネイトがふたりを見つけた寝室は、窓がぴっちりと閉めてあり、ホワイトノイズ・マシンが置いてあった。昼間に寝る人間の印。そういえばエイヴィスの夫は、バッテリー工場で夜勤をしていたのだ。

夫が先にやられたようだった。エイヴィスはキッチンナイフを手に、そこの床で抵抗して死んでいた。その体のよじれぐあい、首筋の星の刺青が見えるほど顔をそむけているさま、それがもう二度と脳裡を去らないのがわかった。

エイヴィスがその星の刺青を入れた日、ふたりは酔っていた。夏の真っ昼間から酔っていた。これよりすばらしい酔いかたはない。そして火花を散らすような若い恋をしていた。これよりすばらしい恋もない。エイヴィスはチェーン店のレストランのウェイトレスだった。ネイトはマリファナを売っており、ときどき兄のニックと武装強盗をやっていた。あんたが無法者だというところが好き。エイヴィスは口ではそう言っていたものの、眼はときどきちがうことを言った。

ふたりはネイトの古いダッジのコンバーティブルでコンビニへ、でかいプラスチックカップにはいった氷入りのコークと、ウィスキーの一パイント瓶を買いにいった（そこはネイトとニックがひと月前に襲った店だったから、スリルも味わえるはずだった）。ふたりはコークを一気に半分まで飲んで、頭がキーンとなったあと、そこになみなみとウィスキーを注ぎたした。刺青屋へ行く途中でネイトはエイヴィスに、なぜ星の刺青なんだ、なぜ首筋なんだと尋ねた。彼女はにやにやしながら、あたしには特別な意味があるの、いつかあんたにも教えてあげると言った。ネイトはそれ以上訊かなかった。時間ならいくらでもあった。ふたりは永遠に死なないはずだった。

背骨が頭蓋につながる部分のすぐ下に刺青師が星を彫っているあいだ、ネイトはエイヴィスの手を握っていた。痛くないよとエイヴィスが嘘をつくのを放っておいた。終わると、日射しで汗ばみながら、トップをおろした車でフォンタナへ帰った。エイヴィスは首筋の清潔な新しいガーゼをいじりながら、あのロケット・スマイルを浮かべ、我慢できないからどこかへ車を停めようと言った。ネイトは山のほうへ車を乗りいれた。車が完全に停まる前に、ふたりはもう相手に襲いかかっていた。ネイトはエイヴィスの中にはいると、勝ち誇ったように空を仰いだ。見あげると、一羽のコンドルが上空を旋回しながら、ふたりが死んでいるかどうか様子をうかがっていた。彼女の皮膚がぬるぬると自分の皮膚をこするのを感じながら、そのコンドルを見あげてこう考えたのを、ネイトは憶えていた。おれたちは死なないぞ。今日も、これからも。

今日も、これからも。そう思いながら、ネイトはエイヴィスの死体を見おろしていた。手はむなしく空(くう)を握りしめた。世界の首がどこにあるのかわかりさえしたら、世界を絞め殺してやりたかった。

だが、ネイトの中のその怒り。それがそもそもこれを引き起こしたのだ。相手が何者であれ、ネイトにむりやり何かをさせようとしたり、何かをしろと命じたりするやつへの怒りが。

おれがスーザンヴィルでチャックに腹を裂かれてればよかったんだ。罪の報いを受けてれば、それですんだんだ。

二階へ行ってエイヴィスの亭主の銃を見つけて、銃口をくわえるべきなんだ。

だが、できなかった。ネイトは人生のあらゆるものをぶち壊しにしてきた。あの日、兄のニックにおとなしく強盗に連れていかれてからというもの、ほとんどあらゆる選択を誤ってきた。人生をはなからぶち壊しにしてきた。自分でもそれはわかっていたし、認めていた。自分のせいでエイヴィスと亭主を死なせてしまった以上、自分はもはや永遠に赦されないこともわかっていた。何より皮肉なのは、本来なら自分の命を差し出すべきだったし、差し出せるなら差し出すつもりでいたのに、それだけはまだできないということだった。答えを知るまでは。

やつらはあの子を追っているのか？

そしてさらにもっと暗い問い。

おまえは生き延びなくてはいけないのか？　それとも死ななくてはいけないのか？

問いのあとに続く問い。ネイトを始末しろというクレイジー・クレイグの出した青信号には、エイヴィスとポリーもふくまれていた。ネイトはそれをスーザンヴィルで釈放の前日に読んでいた。眼は何度も同じ二行に戻った。そこにはこう書かれていた。

そいつには女がいる

そいつには娘がいる

だけどやつらは本気で女の子を殺すだろうか？　エイヴィスが死んで、おれも死んだとしても、まだあの狂犬どもは子供を襲うだろうか？　その答えがわからなければ、次にどうすべきかもわからない。

灰のついたビール缶を見たとたん、ネイトはその灰が答えだとわかった。なぜかといえば、ネイトはエイヴィスという女をよく知っていたからだ。エイヴィスの父親は、昨今ではもうお眼にかかれないようなヘビースモーカーだった。黄ばんだ指をして、シャワーを浴びるにも灰皿が要るような男だった。エイヴィスは自分が喘息持ちなのはそのせいだと考えていた。家の中では誰にも煙草を吸わせなかった。だからネイトは、安楽椅子の横のコーヒーテーブルにそのビール缶を見つけたとき、すぐさま気づいた。そのビール缶を灰皿にしたやつは、エイヴィスが死んだあとで煙草を吸ったのだ。〈アーリアン・スティール〉のカウボーイどもは、たしかに血も涙もないやつらだが、そんなやつらでさえ、人をふたりも殺したら、のんきに現場に残って一服したりはしない。理由がないかぎりは。何かを待っていたのでないかぎり。あるいは誰かを。

そいつには娘がいる

そのビール缶は、〈アーリアン・スティール〉があくまでも約束を実行することを示していた。やつらはポリーを追っているのだ。それはネイトのせいだったから、自分の命で償えるなら、ネイトとてそうしていただろう。だが、それは選択肢になかった。まずはストックトンの従兄夫婦のところへポリーを預ける必要があった。それから怒りを外に、〈アーリアン・スティール〉に向け、ポリーへの青信号を解除させなければならなかった。ネイトは暗闇に立ちつくしたまま、安堵のようなものを覚えていた。前途に待ちかまえる日々は厳しいが、これで少なくとも答えはわかったのだ。

やつらはあの子を追っているのか？

追っている。

おまえは生き延びなくてはいけないのか？

あの子を破滅から救うまでは、そうだ。

ネイトはエイヴィスと亭主をそのままにして部屋を出た。もっとなんとかしてやりたかったが、どうしようもなかった。二階へ行ってポリーのものをスーツケースに詰めると、エイヴィスの亭主が銃を持っているかどうか調べた。

4

ポリー
アンテロープ・ヴァレー

父親は家に行ったのだ。本人はそれをポリーに知らされているとは思っていなかったけれど、ポリーは次の朝、父親が車に運んでいるスーツケースの傷を見てそれに気づいた。その傷には見憶えがあった。去年の夏にみんなで州南部のリゾート地のビッグベア（標高二千メートル）へ雪を見にいったときに、継父のトムが階段から落っことしてつけた傷だった。だからそれはトムのスーツケースだった。ということは、父親はポリーの家に行ってきたということであり、母親はポリーが父親と一緒だと知っているか、でなければ……でなければ何か、ポリーの脳がまだ考えまいとしていること、何か金星みたいに大きなものが、ポリーのほうへやってくるということだった。

車はインランド・エンパイアを出て、耳がぽんと鳴るほど急な丘を登り、反対側へくだった。そこはアルファルファ農場と畑のほかには何もないところで、道路の左側の土地は、黄色いひなげしの厚い絨毯におおわれていた。ひなげしというのは、『オズの魔法使い』のあのへんてこりんな場面でドロシーを眠らせてしまうような、人に夢を見させる花だ。でもポリーは、これが夢であってほしいなどと思うほどばかではなかった。

「これからカーラというおばさんに会いにいく。ビッグ・カーラだ。憶えてるか？」

ポリーは〝憶えてない〞というように首を振った。

「おまえの母さんとおれの古い友達だ。母さんとおれに共通の友達がいたころの。この先のガソリンスタンドで働いてる。ビッグ・カーラがおまえをストックトンへ連れてってくれる。おれはちょっと片付けなきゃならない用事があるんだ。ザックというおれの従兄がおまえを預かってくれる。そこにいりゃおまえは安心だ。ほかのどこよりもな」

「母さんのところへ帰りたい」

父親は両手をハンドルに載せて前方の道路を見つめていた。額の横に血管がひと筋浮いていた。前々から浮いていたのかもしれないが、ちがうだろうとポリーは思った。

「おまえはストックトンへ行くんだ、おれの従兄のところへ。それはもう決まりだ」父親は言った。

この車から飛びおりたらどうなるだろうか、とポリーは考えた。平らな石を湖に投げたときみたいに、路肩をぽんぽんと跳ねていくだろうか。それとも着地したその場所でズザッと止まるだろうか。自分の腕に爪の跡が赤くならんでいるのに気づいた。いつのまにか腕に爪を立てていたのだ。体の中で渦を巻いているものをポリーはうまく抑えつけてきたが、それが表面を引っかきはじめたようだった。それを噴き出させるわけにはいかなかった、絶対に。さもないと悪いことが起こってしまう。嵐は体の中に閉じこめておかなくてはいけないのだ。抑えこんでおかなくては。ポリーは歯ぎしりをした。熊が自分の手のひらにキスをして、その手を掻き傷にあててくれた。ポリーは熊をきつく抱きしめた。

ガソリンスタンドはアルファルファ畑の向かいにあった。店の上の看板には〝サンシャイン・マーケット〟と書いてあり、サングラスをかけた太陽が店名の上で手を振っていた。父親は砂利敷きの駐車場に乗りいれ、木製の足場に載せられた木製の水タンクの作る日陰まで、車を転がしていった。

砂利からの照り返しと熱気が、店の入口へ歩いていくポリーの眼をくらませた。よろけて父親にぶつかり、父親が支えようと手を伸ばしてくる前にあわてて体を離した。

店の中は、外より季節にしてふたつぶん涼しかった。カウンターでは、よれよれのカウボーイハットをかぶった太鼓腹の男が、分厚い茶色の親指の爪でスクラッチ籤のカードを削っていた。二列あるジャンクフードの棚が店内を仕切っている。冷たい飲み物のある奥の冷蔵庫の前では、トラッカー帽をかぶった若い男がぶらぶらと缶ビールを見ていた。そいつがちらりとポリーのほうを見ると、ポリーは腕に鳥肌が立った。それともクーラーの冷気のせいだったのだろうか。ポリーはもう一度そっと男を見たが、男はもうビールのほうに向きなおっていた。

カウンターの中にいる女の人は父親と同年輩か、十歳ぐらい年上かもしれなかった。父親はビッグ・カーラと呼んでいたが、まさにそのとおりだった。どこもかしこもビッグだった。バイク乗りのTシャツからはみでたおっぱいも、まるまるとした腕も、まるまると した茶色の眼も、梳きあげた髪も。

「よく来てくれたじゃない、ハニー」とビッグ・カーラは父親に言った。カウンター越しに腕を伸ばして、ぎこちなく抱きしめた。ポリーは父親が体を強ばらせてそれを受けるのを見ていた。人に触られるのがポリー以上に嫌いなのだ。ポリーにはそれがわかった。

ビッグ・カーラはポリーのほうを向くと、声を一オクターブ跳ねあげた。「あらあ、こんにちは。あたしはカーラ。赤ちゃんのとき以来だねえ。すっかり大きくなって」

そんな言葉にどう答えていいのか、ポリーにはわからなかった。眼の焦点をカーラの後ろの壁に移した。

〝無効〟という赤いスタンプを押された小切手でおおわれていた。その上には〝債務者(デッドビーツ)〟と書かれた札が貼ってある。デッドビーツというのがどういう意味かは知っていたが、赤インクでそう書かれているのを見ると、身の毛のよだつような、悪夢のようなことがらを意味する言葉に思えた。ポリーはふと、ここには何か恐ろしいものがあると確信した。恐ろしいけれど止めようのないものがあると。

「今日はあたしと過ごすんだよ」とカーラは言った。「で、広告板みたいな顔いっぱいに笑みが広がった。「で、あたしの仕事が終わったら、一緒に車でお出かけするの。楽しそうでしょ？」

ポリーは〝ぜんぜん〟と言いたかった。でも、もちろん言わなかった。

「あらあ、あんた、恥ずかしがり屋さんなんだね？」

それもまた、大人に訊かれてもどう答えていいかわからないことだった。

「ソーダでも取りにいってろ」と父親がポリーに言った。「おれはカーラと話がある」

ポリーはスナック菓子のならぶ通路を、奥の冷蔵庫のほうへ歩いていった。コーンチップとポークリンドのビニール袋に指を走らせて、がさがさと音を立てた。

大人たちはひそひそと声を低くした。母さんとトムが、言い合いをしているのをポリーに知られたくないときにするみたいに。ポリーは通路の途中で立ちどまり、エアコンのうなりに紛れたふたりの話を聞こうとした。

「これだけあれば当分は足りるだろ」と父親は言った。

「あの子が安全になったら迎えにいく」

「これ、汚れた金？」

「汚れてない金なんかあるか？　いいから取っとけよ。おれはまた手に入れる」

「エイヴィスはどうしたの？」

ポリーは銅みたいなにおいを嗅ぎつけた。ラックで回転しているホットドッグのにおいのような気もしたが、ちがうと思った。

「心配するな」

「ネイト――」

「いま知ってる以上のことは知らないほうがいいぞ。答えてほしくない質問はするな」

「わかったよ」カーラは言った。

「おれはやらなきゃならないことがあって、そいつは子連れじゃできないんだ。あんたがあの子をストックトンへ連れてってくれると言うから――」

「連れていくよ、連れていくけどさ。まったくもう。ちょっとでいいから腰をおろしなよ。食べるものかなんか持ってきてあげるからさ」

ポリーはマシンガンみたいな鼓動を抑えようとした。息のしかたを思い出そうとした。感じるまいとしている体の中の何かが、ぐんぐん大きくなって、ポリーよりも大きくなってきた。あぶられすぎで皮が破れているホットドッグのほうを見ると、自分もあんなふうに皮膚が破れそうな気がした。

答えてほしくない質問はするな。

トラッカー帽の男が手を伸ばして冷蔵庫の扉を閉めた。Tシャツの袖がずりあがり、肩の刺青がのぞいた。漫画の稲妻みたいな青いジグザグ。

青い稲妻。

男はポリーの横を通って店を出ていった。ビールもなんにも持たずに。車に乗りこんでエンジンをかけたが、走りださなかった。電話をかけていた。

ポリーは父親のところへ行って、腕に手を伸ばした。触れる寸前で手を止めたが、とにかく父親はポリーを見た。

「なんだ、あっちへ行ってろと言っただろ」

ポリーは自分の二の腕を触って言った。「青い稲妻。あの人の腕に。きのう言ったでしょ――」

あっという間のできごとだった。父親の眼がカーラに向いた。カーラの笑みが顔から滑り落ちた。カーラは逃げだした。父親はカーラの髪をつかんだ。スクラッチ籤のカードを削っていたカウボーイが、あわてたような声をあげ、店から飛び出していった。その背後でカードが、ひらひらくるくると床に舞い落ちた。時間の流れがおかしくなったのだろう、舞い落ちる一枚一枚のカードの動きを、ポリーはすべて眼で追うことができた。父親が「ふざけやがって」と言い、ポケットから拳銃を引っぱり出した。「誰に知らせた？」とカーラの頭に銃を押しつけた。

「やめて、撃たないで」カーラは言った。

ポリーの体は、命じもしないのに逃げだした。両足がぱたぱたと床をたたいてロケットみたいに加速し、全力で出口を目指した。

「ポリー――」後ろから父親が叫んだ。

ポリーは熊から先にドアにぶつかった。太陽のまぶしさに思わず眼をつむった。するとだしぬけにあの刺青の男が現われた。

「よう、お嬢ちゃん」

手の中に光るものが見えた。脳が〝ナイフ〟と悲鳴をあげ、筋肉がおたがいを締めつけ合う。耳の中で風の音がした。刃（やいば）がぎらりと光り、コブラの踊りみたいに、ゆらゆら踊った。

力強い腕がポリーを後ろからすくいあげ、父親の体臭が鼻孔にあふれた。父親は片腕でポリーを抱いて、片腕で男に銃を向けた。

自分のパンツが生温かく濡れているのがわかった。ナイフを持った男のむこうを、普段と同じように車が行き来していた。道路のむこう側ではひなげしがそよ風に揺れていて、世界はばらばらに砕けてなどいないようだった。いまだにちゃんと意味を持っているようだった。

「そいつを捨てろ」父親が言った。

男は両手をあげ、ナイフを砂利の上に落とした。

「蹴とばせ」父親が言うと、男はナイフを手の届かないところへ蹴った。

「〈スティール〉に言伝（ことづて）がある」と父親は言った。

「二度と来るなと伝えろ」

「こっちはもうあんたの女をやったそうだぜ」男は言った。

父親の脚がちょっと揺らぎ、ポリーを抱いている腕に力がはいったのがわかった。

「それであいこだ」と父親は言った。「痛み分けだと伝えろ。もう手を引けと」

「これを撤回させられると思うのか？」と男は言った。「冗談じゃねえ、おまえはもう死んでるんだ。歩くゾンビなんだよ」

男はポリーを指さした。

「おまえらふたりとも」

一瞬みんなが宙ぶらりんになっていると、空は晴れているのに、遠くから雷がごろごろと轟いてきた。父親は音のほうへ首をかしげた。

「援軍を呼んだのか？」

男は〝そうさ〟というように、にやりとした。

「着いたときにはもう、おれたちはここにいないぞ」と父親は言った。「勝ちより負けのほうが多くなるぞと伝えとけ」

「銃を持ってるのはそっちだからな。だけど、世界じゅうがあんたを追ってるんだ。世界じゅうの人間を殺すことはできねえぞ」

父親は男に背中を向けずに、車まで後ろ向きに歩いていった。ポリーは薄笑いを浮かべている男を見つめたまま車に押しこまれ、父親に押しつぶされる前にあわてて助手席へ這いこんだ。

父親はもと来たほうへ車を走らせた。晴天の雷の轟きが大きくなってきた。バイクに乗った四人の男がやってきた。皮膚は彫りものと傷痕だらけ、背中には黒いレザー。すれちがうと、ポリーはふり返って背中のパッチを見た。髭面の片眼の男の絵と、〝オーディンズ・バスターズ〟の文字。

落ちついてくると、ポリーはパンツが濡れているのに気づいた。恥ずかしいと思うべきだった。それはわかっていた。でもこれでもう、体の中にはあの別のもの、ポリーがずっと押しこめているものしか残っていなかった。

脳があの男の声を延々と繰りかえしていた。**こっちはもうあんたの女をやったそうだぜ**。その声は頭の中でほかのいろんなことと結びついた。脳はそれをつなぎ合わせた。それはポリーがすでに知っていることから眼をそむけさせてはくれなかった。

「母さんを殺したの？」ポリーの中にいる誰かが、そう声に出して訊いた。

「いや」と父親は言った。

「でも、死んだんでしょ、母さん」ポリーの中の誰かが言った。

父親がポリーに向けたまなざしだけで、充分な答えになっていたが、それでも父親は言った。

「ああ。残念だが、ポリー――」

体の中のものが雄叫びになってほとばしり出た。ポリーは把手をつかみ、ドアをぽんとあけた。猛スピードで流れ去る砂利を見おろし、飛びおりた。

5

ネイト
アンテロープ・ヴァレー

ポリーが助手席のドアをあけるのと同時に、世界の音量が一気に上がった。何をするつもりなのかネイトが理解するまもなく、ポリーはもう足から飛びおりていた。

ネイトの両手はまったく反射的に、脳がまだ〝やばい〟としか考えていないうちにハンドルを離れた。助手席へ身を乗り出し、髪の毛をつかんだ。その髪をぴんと引っぱって、ポリーの下半身が車から落ち、靴がアスファルトにぶつかって、ぽんぽんと跳ねた。ネイトは髪をぐいと引っぱり、ポリーを車内に半分引きもどした。左手をハンドルにかけ、顔を上げて前方を見た。車はふらふらとセンターラインを越えていた。荷台に出稼ぎ労働者を乗せたトラックが突進してくる。ポリーを車内に引きもどすと、痛みでポリーが悲鳴をあげた。ハンドルを切った。はらわたとタマが浮きあがるようないやな感覚とともに、車は左へよれ、道路脇へ向かった。

車は路肩に急停止して砂利埃を舞いあげた。ポリーはまたあの獣じみた声をあげた。悲しみをはるかに超えた叫びを。叫びはやがて涙に変わった。感電でもしているように全身を震わせて泣いた。ポリーが涙を絞りつくすまで、ふたりは路傍の車内にじっと座っていた。泣いている娘を見ながらネイトは、手を差し伸べてやるべきだ、抱きしめてやるべきだと思っていた。だが、やりかたを知らなかった。そういうことをニックは教えてくれなかった。だから黙って車を出した。

涙が涸れ果てると、ポリーはドアに寄りかかって体を丸め、ネイトの手の届かないところで眠ってしまった。態をしっかりと抱きしめ、その頭のてっぺんを涙と洟水でべちょべちょにしていた。

ネイトは横眼でポリーを見た。まともに見つめたら起こしてしまうような気がしたのだ。ネイト自身に似ているところといえば、その眼と、たった今あらわにした埋もれた怒りだけだった。

あの老カウボーイが警察を呼んだかどうかも、あの〈オーディンズ・バスターズ〉の一隊がふたりを追ってこの道を戻ってくるかどうかもわからなかった。わかるのは、自分の人生に残された仕事はもはやひとつしかないということだった。それはこの子を守ることだった。ポリーをストックトンへやるという線は、これでもうなくなった。ストックトンにいようとどこにいようと、ポリーは安全ではない。警察に委ねるわけにもいかなかった。それは頭の中の兄の幽霊が許さないからだけではなかった。グループホームや孤児院は、路上と同じくらい危険だからだ。そこは肉食獣であふれた檻であり、ポリーは餌食だった。

檻というものの危険さをネイトはよく承知していた。五年間をそこで顔を伏せたまま過ごしたのだ。鮫どもはネイトの兄を知っていた。ホールドアップの帝王ニック。殺し屋ニック。その異名がネイトに安全な避難所をあたえてくれた。ニックが死んだあとでさえ。名声があまりに高くて後光が消えなかったのだ。のちにネイトは、その安全な行路が自分をだめにしたのだと気づいた。一度も戦わずにすんだため、戦えないのではないかと見られたのだ。その最初の五年間に一度でも怒りを解きはなっていたら、チャック・ホリントンとて、あんなことは言ってこなかったかもしれない。

これまでの人生における多くの凶報と同じく、それも最初は吉報のように見えた。官選弁護人が申請した上告、ネイトが気にも留めていなかった上告が、実を結んだのだ。日付を誤った供述書の数々、有罪率を維持するために喜んで刑期短縮の司法取引をする検察官。ネイトが気にしていたのは結論だけ――前方に突如出現した自由だけだった。まともな職に就くことを考えはじめた。たぶんジムだろう。ニックの試合のためによくトレーニングを手伝っていたからだ。それならたぶん自分にもできるだろう。

今こうして眠っているポリーの横にいると、ネイトは自分に嘘をつきたくなった。自由の身になったらいろんなことを修復して、この子と仲良しになるつもりでいたんだと、そう言いたくなった。だが、それは嘘だった。ポリーのことなど、処刑命令を読むまでろくに思い出しもしなかった。

釈放の一週間前、挽き肉(グラウンド)・チャック・ホリントンが、ボイラーの裏でモップ休憩をしているネイトを見つけた。チャックは子供が悲鳴をあげるような笑顔の持ち主だった。数年前にペットボトルのメタンフェタミン製造器が顔の前で破裂して、左の頰をピンク色の生ハンバーグに変えたのだ。名前に〝挽き肉〟が追加されたのはそのときだった。チャックは左の二の腕に青い稲妻の刺青を二本入れていた。〈アーリアン・スティール〉の兵隊は、組織のために殺しをやるたび、青い稲妻を一本入れる。チャックの兄は、〈アーリアン・スティール〉の総長クレイジー・クレイグ・ホリントンだった。ペリカン・ベイの隔離監房からホワイトボーイ界を支配する男だ。この五年間、チャックはネイトにいっさいいちゃもんをつけなかった。そのチャックが今、ボイラーの裏でネイトの横に立ち、フィストバンプを求めて刺青だらけの拳を突き出してきた。ネイトはそれに応えて拳を突き合わせた。

「なんの用だ?」

「出所するそうだな」チャックは言った。

「一週間後に」腐った木橋を渡るような会話だった。

ひと言ごとに板が折れそうになるのがわかった。

「伝手はあんのか？　婆婆で誰かが面倒を見てくれんのか？」

「ちょいと手をまわしてるものがある」ネイトは嘘をついた。

「修理工場のことは知ってるな？」チャックは訊いた。

知っていた。スーザンヴィル刑務所には自動車修理工場があり、受刑囚が働いていた。刑務所の職員は、割引を受けられたから、もっぱらそこを利用した。チャックはそれに気づいた。そしてひらめいた。看守がオイル交換の予約を入れると、工場のデスクで働いている〈アーリアン・スティール〉の子分が連絡を寄こす。すると予約の前夜、婆婆にいる男がその看守の家に行き、そいつの車を見つけて、袋入りのドラッグだのなんだのを、タイヤハウスの内側にテープで貼りつけておく。看守はその車を工場へ持っていく。受刑囚の整備工がオイル交換の合間に袋を取り出す。つまり看守を運び屋に仕立てるわけだ。

「外の野郎がしょっぴかれちまったんだよ」とチャックは言った。「娘に何やらしつけをしたらしくてな、家庭内暴力でお巡りどもが家にやってきたんだ。ところがそのばかたれは、テーブルにパイプを置きっぱなしにしてやがったんで、家捜しをされて、クソを一式見つけられたってわけだ」

チャックはみなまで言わず、あとはネイトに足し算をさせた。やつらは婆婆に新たな男が必要なのだ。実に簡単な計算だった。

その仕事を引き受けるのは、ひとつの刑務所から別の刑務所へ飛びこむことでしかなかった。見えない塀に囲われた刑務所へ。〈アーリアン・スティール〉は仮釈放などしてくれないし、刑期満了で釈放してくれたりもしない。終身刑だ。ネイトは自分の選択肢を秤にかけ、頭の中で腐った板がきしむ音を聞いた。兄の幽霊ならどう言うかはわかっていた。ネイトはそっと体重をかけた。

「まあ、おれはだいじょうぶだ。世間が差し出してくれるものを試してみようと思ってる」

チャックは姿勢を変え、左足を踏み出して体をひねり、ネイトに脇を向けた。流血が避けられないと考えたときに、喧嘩早い男が無意識にやることだ。ネイトもチャックに倣った。闘いのジェット燃料が筋肉をでたらめにひくつかせた。ニックに教えられたとおり、三回深呼吸をした。喉を走る空気が熱かったが、気持ちは落ちついた。

「まったく、なんだってまたおれがおまえの都合を訊いてると思ったんだか」とチャックは言った。「おれはな、この先どういうことになるか教えてやってんだよ」

そのときだった、その言葉が聞こえたのは。ニックがまだ生きているみたいに、ネイトの頭蓋の中にいるみたいに、聞こえたのだ。ネイトはそれがどれほど愚かなまねかわかっていながら、その言葉を口に出してしまった。

「うるせえな、この雌ブタ」チャックの顔の前に中指を突き立てた。

いきなり刃物が現われた。ネイトはその手首をつかんだ。もう一方の手でチャックの山羊鬚をつかみ、片足をチャックの後ろに置くと、腰をひねり、チャックを床にたたきつけた。チャックの頭がごつっとコンクリートにぶつかった。ネイトもあとから倒れこんだ。肝臓に膝をたたきこみ、チャックの肘を曲げて、ヤッパの切っ先を喉もとに押しつけた。切っ先に押されて肉が窪み、血がぽつりと咲いた。

利口なのはチャックを放してやることだとわかっていた。チャックを生かしておいて、〈アーリアン・スティール〉を一週間かわし、自由の身になって出ていくことだった。それが利口なやりかただと思ったし、切っ先を押しこんだときでさえそう思っていた。

ヤッパは首を貫通した。切っ先がコンクリートにぶつかると、衝撃が腕に跳ねかえってきた。チャックはおびえた眼をし、口いっぱいに血の泡をためて死んだ。最後に眼にしたのはネイトの中指だった。

ネイトは三回深呼吸をした。自分のしたことをじっくりと見た。人を殺したのは初めてだった。人生の多くのことと同じで、思ったほど大したことではないという気がした。モップのバケツで手を洗い、廊下へ戻った。誰もいなかった。モップがけをすませて自分の房へ戻るころには、死体が発見されて全員が房内待機になっていた。

その晩、ネイトは房の天井を見つめた。橋は足の下で崩れたのか、それとも自分は対岸へ渡れたのか、はっきりしなかった。自分は浮かんでいるのか、落下しているのか。それがわかるのは、底にぶつかったときだろうと思った。

複数の捜査が行なわれた。まず、安物の上着に太鼓腹という州矯正局スペシャル・サーヴィスの捜査官どもがやってきた。そいつらはまる一週間、全員を房内待機にした。全員を尋問した。受刑囚たちは自分の利益のために密告した。ドラッグの縄張りをめぐるライバルを密告した。大金を借りている相手を密告した。安眠を得たいがために隣の房の、夜驚症(やきょうしょう)でキーキーわめく男を密告した。看守は何も知らなかった。連中はどのみちネイトの眠りをおびやかす存在ではなかった。〈アーリアン・スティール〉も独自に捜査を行なった。ペリカン・ベイから命令がくだされた。超重警備隔離監房に知らせが届いたのだ。クレイジー・クレイグは弟が殺されたことを知った。犯人を見つけ出せと命じた。ドッグというペッカーウッドの殺人犯が、クレイジー・クレイグの祝福を受けてスーザンヴィルでチャックの王位を受け継いだ。腕には四本の青い稲妻、心臓の上にはルーン文字のオシラ(ラテン文字のOに相当)、左の親指の爪は長く伸ばして、ぎざぎざにしてある。ネイトはある晩カードテーブルで、ドッグの捜査の噂を聞いた。ドッグはコカインと呼ばれる〈ブラック・ゲリラ・ファミリー〉の兵隊が、前にチャックといざこざを起こしたことを知っていた。長い親指の爪でコカインの片眼をえぐり出した。コカインは自分が殺したと白状した。それはそうだろう。ドッグはコカインにもう一度言わせた。コカインは事実を正しく言えなかった。ドッグはまやかしの自白を聞けば、それとわかる男だった。死ぬほど痛めつけられても詳細を正しく言えるやつ、そいつが犯人なのだ。〈スティール〉は半盲になって血を流しているコカインをそのまま放置したので、またしても刑務所全体に房内待機が命じられた。

ネイトは指折り日にちを数え、無事に出られるだろうかと気をもんだ。釈放の前日を迎えたとき、これならもうだいじょうぶだろうと思った。ところがそこで、いっさいが崩壊した。ルイスという十九歳の無名の坊や――〈アーリアン・スティール〉という鮫のかたわらを小判鮫のように泳いでいる、おびえたホワイトボーイのひとり――が、ネイトに危険を知らせ、命を救ってくれたのだ。理由はよくわからない。ダイエットをしていたときに、いつもその坊やにデザートをやっていたからかもしれない。その程度のことだ。とにかくそいつがネイトの房にやってきて、紙切れをネイトの手に押しつけた。

「読むまで出てこないで」坊やはそうささやいた。

それはフォトコピーされた〝凧〟だった。ネイトは読んだ。読むにつれて鼓動がどんどん速まってきた。

塀の内外にいるすべての忠実なる兵士に告ぐ

弟を殺害した民族の裏切者への

狩猟を解禁する

聞くところによると

そいつの名はネイト・マクラスキー

まもなく釈放される

このナイフ男への正式な青信号を点す
聞くところによると
そいつにはポリーという名の娘がいる
そいつにはエイヴィスという名の女がいる
どちらもフォンタナにいる
その女への正式な青信号を点す
その娘への正式な青信号を点す
死は刃によってもたらされること
大地に塩をまけ
協力をこばむ者はみな青信号に加える
なしとげる者には構成員の資格を保証する
なしとげる者には特権を保証する
総長クレイジー・クレイグ
スティールよ永遠なれ、永遠なれスティールよ

やつらがどうやって知ったのかはわからなかった。ルイスがなぜ警告してくれたのかもわからなかった。

だが、そんなことは重要ではなかった。ネイトにはもはや、いちばん重要なことに対処する時間しかなかった。

〝そいつにはポリーという名の娘がいる〟

ネイトは自分の房を離れず、壁に背中をつけていた。その晩は刺客が訪れるのを待ってまんじりともしなかった。房の外を通る足音の一歩一歩が、電気ショックのようにびりびりと体を駆けぬけた。

真夜中ごろ、監房棟のどこかから声が響いてきた。
「よう、通路から飛びおりて、おれたちの手間をはぶいてくれや」
「ホワイトボーイが飛べるかどうか、前々から知りたかったんだ」どこかでメキシコ人の受刑囚も叫んだ。
「おまえはもう死んでるんだ、ネイト。ただの歩くゾンビにすぎねえ」しゃがれた声が叫んだ。ドッグにち

がいなかった。

笑い。喝采。みながはやしはじめた。**歩くゾンビ、歩くゾンビ。**

朝が来た。看守がネイトを房から連れていくために手錠をかけた。土壇場での暗殺もありえなくはなかった。だが、何ごとも起こらなかった。きちんとしかける時間がなかっただけだろう。ネイトにはそれしか推測できなかった。

歩く、ゾンビ。その言葉がふてぶてしい百名の受刑囚の声で響きわたった。

歩く、ゾンビ。

手続きが行なわれた。ネイトはもとの服と三百ドルの出所金を受け取った。自由の空気を味わった。公衆電話を見つけてエイヴィスにかけた。その番号はもう使われていなかった。もちろんエイヴィスがこの五年のあいだに変えたのだ。ネイトは自分にも盗みかたのわかる古い車を見つけた。窓を割って乗りこみ、ドライバーを使ってエンジンをかけた。釈放から重罪まで十八分。最短記録だったにちがいない。

今、アンテロープ・ヴァレーを出る途中で、ネイトは道路脇に車を停めた。ハイウェイの百三十八号線が十四号線と交わるところの、出口ランプのすぐそばだ。悲しみで疲れはてたポリーは助手席で眠っていた。ネイトは選択肢を秤にかけた。彼はまたあの木橋に戻っていた。こんどはもっと危険だった。こんどは幼い女の子が背中にくくりつけられているのだから。

そう、くくりつけられているのだ。そこから逃れることはできなかった。それが今はっきりとわかった。この子にとって安全な場所がどこにもないなら、自分と一緒にいさせるしかなかった。橋が崩れるとしたら、ふたり一緒に転落するのだ。それ以外にこの子に何をあたえてやれるのか、ネイトにはわからなかった。

6

ポリー
マウント・ヴァーノン／フォンタナ

それからの数日をポリーは水中で過ごした。物音は耳栓のむこうから聞こえるみたいにくぐもっていた。腕と脚は、重たくてゆっくりとしか動かなかった。光は眼の中で七色に変わり、暑さも寒さも感じなかった。

水中にいることは苦にならなかった。海の重さを全部背中に受けながらも、押しつぶされずに海底で暮らしている魚みたいに、ぴっちりと水に閉じこめられていた。

母親のことを考えた。笑うときに鼻息を吹くところ、ボトルの蓋を指でぱちっと部屋のむこうへ飛ばすところ。今は死んでいること。死んだのは父親の世界がこちらの世界へ崩れてきたからだということ。自分が父親を憎んでいるのかどうかはわからなかった。こんな深いところに沈んでいてはわからなかった。

ふたりは前と同じようなモーテルに部屋を取った。マウント・ヴァーノンのハイウェイの下を離れなかった。そこにはメキシコ人たちが暮らしていた。ほかの白人を見ると父親は緊張して、尻のポケットに入れている拳銃に手を伸ばした。メキシコ人は青い稲妻の刺青をしていないのだろう、とポリーは思った。

おたがい必要なときしか口を利かなかったが、ポリーはそれでかまわなかった。ふたりはモーテルの部屋でテレビを見ていた。父親は腕立て伏せとシャドウボクシングで一日を始めた。ポリーはベッドにうつぶせになり、父親の動きに合わせて自分も腕立て伏せをした。食事は屋台のトラックやタコ・

スタンドでとった。ポリーはひと口かふた口しか食べられなかった。胃が小さくなった気がした。三口が限界だった。水びたしの舌に、豆のトルティーヤはなんの味もしなかった。

今は待っているのだと父親は言った。何を待っているのかは言わなかった。みんなポリーがいなくなったことに気づいているはずだった。捜しているはずだった。同級生のマリアとか、担任のレイ先生とか。警察だって。捜しているよね？　あたしは行方不明なんだ。ポリーはそう思った。そう考えるとへんてこな感じがした。自分は行方不明ではなかった。ちゃんとここにいた。行方不明なのはむしろ警察のほうだと思った。警察こそ、いるべきところにいなかった。本当ならポリーを連れにきていなければいけないはずだった。夜中に父親が鼾をかいているとき、ポリーは自分から警察を捜しにいこうかと考えた。熊と一緒にこっそりと部屋を出ていこうかと。水中にいなければ、本当にそうしていたかもしれない。

新しいモーテルに来て三日目の夜。待つのは終わったと父親は言い、あの黒いパーカーを着て、黒ずくめの格好をした。まるで犯罪者みたいに見えたが、ポリーが思うには、それも当然だった。父親は拳銃を取り出した。継父のトムの銃だということは、ポリーにももうわかっていた。それをカチャリとひらくと、弾のお尻が見えた。父親はシリンダーをくるくるっとまわしてから、ぱしっと閉じた。それはトムの銃のあつかいとはまるでちがった。トムがポリーに教えてくれたような、信用ならない生き物を相手にするみたいなやりかたとは。

モーテルのどこかで、男女がスペイン語で言い合いを始めた。言い合いが金切り声に変わった。誰かが「ラ・ポリシア」と叫んだ。警察を呼んでと。ものの割れる音や砕ける音がそれに加わった。あたしたちが助けにいってあげるべきだろうか、とポリーは考えたが、その考えははるか遠くにあるように思えた。

その騒ぎで父親はますますぴりぴりしてきた。ポケットの銃に手を触れた。小声でぶつぶつと悪態をついた。部屋の中を行ったり来たりし、宙を殴りつけた。窓の外を見てから、ポリーのほうへ向きなおった。

「よし。おまえも一緒に来るんだ」

父親は山際にあるブロックまで車を走らせた。それからヘッドライトを消し、潜水艦みたいに音を立てずにゆっくりと車を転がした。

一軒の家の前で車を停めた。家にはまだ明かりが煌々とついていて、ピックアップトラックやダートバイクが駐めてあった。父親はエンジンを切り、ドアをあけた。ファズをかけた割れたギターの音が闇を漂ってきた。海獣の叫びみたいなあの手のロックミュージックだ。どこかで男たちが野放図にけたたましく笑っていた。ポリーがものを感じられたら、きっとおびえただろうと思われるたぐいの笑いだった。

「ここにいろ」と父親は言った。「何が聞こえても出てくるなよ」

車を降りると、音がしないようにドアをゆっくりと閉め、家の横手のほうへ歩いていった。片手をパーカーのポケットに入れていた。銃をつかんでいるのだろう。家の横手をまわりこんで見えなくなった。

銃を持ってどこへ行くつもりなのか、ポリーは知りたくなった。これまでのポリーだったら、そう考えただけで怖じ気づいてしまい、そんな考えは心の中に押しこめてしまっただろう。でも、心の中に押しこめておくだけなら、そもそも考えてもしょうがないんじゃない？　ポリーはそう思った。今は水中にいるので、普段なら感じる恐怖を感じなかった。

「行こう」とポリーは熊に言った。熊はうなずくと、〝しいっ〟というように片手を鼻面にあてた。

ドアをあけて夜の中へ滑り出た。通りの先を見ると、点々と光を落とす街灯がカーブを描いて立ちならび、見えなくなっていた。父親の声が家の裏手から聞こえてきた。声のするほうへ歩いていくと、夏の空気はひどく重たく、足を地面から離してその中を泳げそうな気がした。枯れ草がかさかさと足の下で音を立てた。

家の横手の窓から明かりがこぼれていた。中で人影が動いた。ポリーはそちらへ近づいていった。女の人がウォッカにクランベリージュースを混ぜていた。ふたりのあいだには窓の網戸しかなかった。女の人はカクテルを手にしてひとロ飲んだ。母親がよくやっていたのとそっくりの、〝これは強すぎた〟という身震いをした。もう少しクランベリージュースを注ぎ足し、グラスを揺すってそれを混ぜた。ポリーにはすっかりおなじみの仕草だったが、岩壁から返ってくるこだまみたいに、どことなくちがっていた。本来なら何かを感じさせてくれるものがあるはずなのに、それが欠けているように思えた。

裏庭で話し声がしていた。ポリーは窓から離れた。巻かれていないホースを踏んづけた。とんがった枯れ草のあいだにしゃがみこんだ。そのままじっとしていた。それから家の角まで這っていき、態をしっかりと小脇にはさんで裏庭をのぞきこんだ。

父親はポリーのほうに背中を向けて立っていた。庭の真ん中にある大きな緑色のグリルの前で黒い影になっている。男の人がふたり、そばのローンチェアに座っていた。グリルの上にチキンがまっすぐに立てられ、お尻に差しこまれたビール缶から、泡がぶくぶくこぼれていた。

ひとりは大男で、白いTシャツが贅肉の上でぴちぴちに張りつめていた。耳たぶが引き伸ばされ、あんぐりとあいた口みたいに垂れさがっている。首に鉤十字の刺青があった。そんなものを本の中以外で見たのは初めてだった。

もうひとりは山羊みたいな鬚を生やしていた。眼も山羊みたいだった。少なくとも人間の眼とは思えないような何かが、その眼にはあった。膝にカップを置いて、顎に茶色の涎を垂らしている。暑いのでシャツは着ていなかった。心臓のところに棺の刺青があった。両脚のあいだにビールの瓶をはさんでいた。

「ネイト」とその男が言った。「出所したとは知らなかったな」

「したんだよ。元気か、ジェイク」

「生きてるよ」ジェイクと呼ばれた男はそう言って微笑んだ。だが、それは笑みではなかった。身に染みついたただの癖に見えた。

太った男が犬みたいに、あふ、あふ、あふ、と笑った。

「生きてるよ、か。いつまでもそうは言えねえよな」

体の中で何かがさらさらと音を立てはじめたのがわかった。氷の下で川が流れだすのが。ポリーは立ちあがった。自分が何をしているのかもわからないまま、家の影から出ていった。裏口のドアの近くで立ちどまった。男たちからは見えなかった。明かりの外に立っていたし、小さかったからだ。そうやってひそかに立っていると、何かが体を駆けぬけた。電気ショックのようなものが。これほど強烈な感覚は久しぶりだった。それがさらに強まったのは、父親がポケットから銃を取り出したときだった。父親のポケットから銃が出てきて、その男に向けられるのを見ても、いつもなら怖くなるはずなのに、そうはならない自分に気づいた。

銃のクロームがグリルの炎でオレンジ色に輝いた。太った男は銃を見つめながらローンチェアの上で体を起こした。ジェイクと呼ばれたほうは動かずに、ただあの笑みとは言えない笑みを浮かべていた。薄暗いなかでも、嚙み煙草で歯が茶色に染まっているのがわかった。膝のカップを持ちあげて唾を吐いた。腕にあの刺青が見えた。青い稲妻が二本。

「おれへの青信号が出た」父親が言った。

「たしかに」

「娘にもだ」

「だな」

「あんた、小さな女の子が殺されても平気なのか？」

「おまえな、おれがルールを作るわけじゃねえんだよ」

「あんたはうちの兄貴といつもクールな仲だった」

「そんなふうに思ってんのか？ まったく、おまえ、そこまでばかなのか？ おまえの兄貴なんかと、誰がクールになれるよ。たんに人を脅してただけじゃねえか。おれとあいつが仲間だったと思ってここへ来たんなら、おまえ、時間をむだにしてるぜ」

ポリーのかたわらのドアがあいて、裏庭に明かりがこぼれてきた。男たちがそちらを向いた。ポリーはまともに姿を見られている気がした。動くな、と何かが命じた。本で読んだことがあった。肉食獣は動くものに眼をとめるのだ。

「ジェイク？ うまくいってる？」クランベリージュース割りを持った女が戸口から声をかけた。

「引っこんでろと言え」父親が言った。

「家の中にはいってろ」ジェイクは言った。

「だあれ、そこにいるのは？」

「中にはいってろって」

「それって銃？ 警察を呼ぶよ」

「いいから、中にはいっておとなしくしてろってんだ、このくそアマ」

ポリーが見ていると、女は顔つきが変わるのをほかの人に見られたくないときにみんながやるように、急ぎ足で中へはいっていった。

「誰がエイヴィスをやったか知ってるか？」父親はジェイクに訊いた。母親の名前を耳にして、ポリーは思わず男たちのほうへ一歩近づいた。

ジェイクは〝かもな〟というように眉を上げた。

チキンからビールがぽたぽたとグリルにこぼれた。

炎が燃えあがり、こぼれたビールがしゅうしゅうと音を立てた。

「誰があいつを殺したんだ?」

「おまえだよ」とジェイクは言った。「おまえがやったんだ。クレイジー・クレイグの弟にナイフをぶっ刺したときにな。その青信号は絶対に消えねえぞ。悪いことは言わねえから、自分で自分と娘を殺すんだな。そうすりゃ少なくとも楽には死ねる。〈スティール〉にやられりゃ、そうはいかねえぞ」

　あとで思い返してみて、ポリーは父親がそれほどすばやく動いたことが信じられなかった。ジェイクという男は、そうなるのを予期していたようにさっと立ちあがったが、それでも間に合わなかった。父親はジェイクを銃で殴りつけた。赤い飛沫が闇に飛びちるのが見えた。ポリーは歯を嚙みしめ、唇の内側の皮膚を食いちぎった。なま温かい液体が口内に流れた。痛かったが、それは自分の痛みだった。感じられてうれしかった。

　父親は両手でジェイクの髪をつかんで、膝で顔を蹴りあげた。うつろな、笑いたくなるような音がした。ポリーは体の内側にその衝撃を感じた。

　ジェイクはどさりと椅子に倒れこんだ。その顔は地震のあとみたいに見えた。ごほごほと赤い嚙み煙草のかすを吐き出し、それが胸の棺に赤い筋を残した。眼が眼窩でスラムダンスを踊った。

　ポリーは恐怖が襲ってくるのを待った。あのガソリンスタンドの店から逃げだしたときと同じ恐怖を。ところが怖くなるどころか、じりじりと近づいていた。争う大人たちの体臭が嗅ぎとれるほど近くまで。あまりに近づいたので、大人たちはそれほど相手に気を取られていなければ、暗かろうとなんだろうと、ポリーに気づいたはずだった。

　太った男が立ちあがった。父親はそちらに銃を向けた。男は勢いよく腰をおろしすぎた。椅子ごと後ろへひっくりかえり、ドタバタ喜劇みたいに半回転した。そのまま芝草の上にうつぶせになっている。

「やった野郎を知ってるな」と父親はジェイクに言った。「そいつの名前を知りたい。どこにいるのか知りたい。教えてもらおう」

「うるせえ」とジェイクは言った。ポリーの推測では、そう言ったように思えた。裂けた口から出てきた言葉なのでよくわからなかった。

「誰がエイヴィスをやったのか教えろ」

ジェイクはピンク色の唾を吐いた。父親はグリルを蹴とばした。チキンが地面に転がり落ちて、ビールの泡を噴いた。オレンジ色に焼けた炭の舌が、グリルから芝生に伸びた。

「ああくそ」と太った男が言った。

熱風でポリーの髪がかき乱され、枯れ草が足首をちくちくとくすぐった。

父親は髪の毛をひっつかんでジェイクを立ちあがらせ、芝生の上で煙をあげている炭のところへ引きずっていった。ジェイクの片足を払って体をひねり、また転ばせた。ジェイクは背中から炭の上に倒れこんだ。じゅうっという音がした。

父親はジェイクを炭に押しつけた。太った男が「ひでえ」とつぶやいた。ジェイクは悲鳴をあげた。父親は手を放した。ジェイクはあわてて炭から離れた。背中に炭がひとつ、しっかりとくっついていた。父親はそれを足で払いのけた。クーラーをつかんで、ジェイクの背中に氷と水と二本の空き缶をあけた。水は焼けた肉をじゅっと濡らした。

「名前を教えろ」父親は言った。

ジェイクはもごもご何か言おうとし、赤いねばねばと悪態を吐き出した。それから魔法（マジック）がどうのと言った。少なくともポリーにはそう聞こえた。

魔法がやったんだ。

父親はジェイクを放した。父親には意味のわかる言葉だったのだ。

「魔法か」と、ごく普通に言い、〝なるほどな〟というふうにうなずいた。「居場所を教えろ」

ジェイクは何やらポリーにわからないことを言った。住所だろうか？

「嘘をついてるのがわかったら、戻ってくるからな」父親は言った。

話はすんだのだ。ここにいたら気づかれてしまう。

ポリーは突然そう気づいた。家の横手をまわりこんで車に戻り、乗りこんだ。風向きが変わり、夜風が涼しくなっていた。あたりから虫の声が聞こえた。夏の日に冷たい水からあがったときのように、体がぞくぞくした。腕をこすった。脚の産毛を。髪に指を差しこんで頭皮を。それから顔をなでた。すると、自分が微笑んでいるのがわかった。

7

ポリー
マウント・ヴァーノン

翌朝ふたりは陽が高くなっても眠りつづけ、やかましいノックの音で眼を覚ました。父親はたちまち銃を手にしていた。枕の下に置いて寝ていたにちがいない。銃を手にドアの横に立ち、ブラインドを押しさげた。歳をとった女の人が清掃係のカートの横に立っていた。父親は銃を隠した。

ドアをあけて日射しに眼をしばたたき、女の人を手で追いはらった。女の人は早口のスペイン語をしゃべった。父親はぽかんとその顔を見ていた。言葉がわからなかったのだろう。ポリーにはわかった。ちょっとだけ（ウン・ポコ）。

「けっこうです（ノ・グラシアス）、セニョリータ」ポリーは言った。自分の声がなんだか変に聞こえた。何日もろくにしゃべっていなかったからだ。

清掃係はうなずいて立ち去った。父親は銃を自分のベッドに放り、両手で顔をこすった。ポリーは舌で自分の歯を数えた。ゆうべの、背中を炭に押しつけられた男のことを考えた。あれがひどいことなのはわかっていたし、憎むべきことなのもわかっていたけれど、そんな気にならなかった。

ゆうべの父親の行ないを見たせいで、どこかから水が抜けていた。まわりから水がなくなり、ふたたびいろんなことを感じられるようになっていた。母親が恋しかった。充分にすばやくふり返ることができれば、母親の姿を眼の隅にとらえられるような気がした。何があったのか知りたくなっていた。魔法がどうすれば母親を殺せたのか。だが、父親はまったく〝おれに訊け〟という顔をしていなかった。床に手をつき、ひと押しごとにうめきながら、腕立て伏せを始めた。熊も眼から眠気をこすり落として、それに加わった。

ふたりは通りの先のタコ・スタンドで、ソーセージ（チョリソ）・入り炒り卵（コン・ウエボス）を食べた。食べ物の味が戻ってきた。注文するとき以外はふたりとも口を利かなかった。周囲では世界がざわめいていた。上空で飛行機が汚れた空気に筋を引いていた。幼稚園児が空を塗るのにどうして灰色のクレヨンを使うのか、ポリーは考えた。

それから熊で遊んだ。熊は眼の上に小手をかざし、〝警戒中だよ〟というように首を動かした。青い稲妻の刺青を見張っているのだ。

隣りのテーブルの幼児が熊に手を振った。熊は手を振りかえし、その子にお尻を揺すってみせた。それから〝おならしちゃった〟というように、お尻の後ろを手で扇ぎ、顔に手をあて〝あっはっは〟と体を揺すった。子供は笑った。ポリーも笑った。父親のほうを見ると、父親もにやにやしながらポリーを見ていた。ポリーは自分を見ている父親の眼の奥にあるものを見ようとした。できるだけ長く視線を受けとめていた。大して長い時間ではなかったが、それでもそれはちょっとしたことだった。

その晩モーテルの部屋で、父親はまた黒ずくめの服に着替えた。またあれをやりにいくのだとわかった。

父親はシャドーボクシングをした。爪先でひょいひょいと跳ねた。

「こんどは連れていけない」とポリーに言った。「荷物をまとめとけ。帰ってきたら移動するぞ」

ポリーは父親が出ていくのを見送りながら、ひどいパニックに襲われた。自分もついていきたかった。何を見逃すのか知りたかった。ゆうべよりすごいものかもしれなかった。何か見ようと、テレビをつけた。音を消して、外の足音に耳を澄ませられるようにした。

テレビの光がちらついた。大きな影が壁に次々と踊った。それはポリーを怖じ気づかせた。チャンネルをどんどん変えていった。自然科学番組を見つけた。狐たちが赤ちゃん鳥を巣から盗んで、ばりばりと食べてしまい、母さん鳥が飛んできたときにはもう、逃げ去っていた。地元のニュースに変えた。キャスターの横に浮かんでいる顔に見憶えがあった。引き伸ばされて画素の粗くなった自分の顔だった。

親指はすでにボタンを押していて、画面は自動車販売店のコマーシャルに変わってしまった。急いでチャンネルを戻した。たしかに自分の顔だった。二年前の、まだあのダサいおかっぱにしていたころの学校写真だ。顔の下に〝行方不明の女の子〟という黄色い文字が浮かんでいた。

画面が母親とトムの写真に切り替わった。去年のトムの誕生日に、エンジェル・スタジアムの観覧席で撮った自撮り写真だ。母親はいつものように歯をすべて見せ、眼をくしゃくしゃにして、とっておきの笑みを作っている。ポリーの喉が音を立て、空気が一度に全部、体から出てきた。

画面は化粧の濃い女性レポーターに切り替わった。マイクを手にポリーの家の前に立っていた。警察ドラマみたいに、玄関の前に黄色いテープが張りわたしてある。テレビで見るほうが、自分がそこに立っているよりリアルに感じた。

画面が父親の白黒写真に変わった。番号を書いた札が顎の下にぶらさがり、眼はふたつの黒い穴になっている。

それからアジア系の男へのインタビューに切り替わった。頬骨の高い痩せた男で、睡眠不足なのか、眼の下がたるんでいる。ハンサムな人なのだろうとポリーは思った。男の口が動いた。しゃべっているあいだは名前が表示されていた。〝ジョン・パク刑事〟

画面に電話番号が現われた。その上に〝助けを求めるには〟という文字が浮かんだ。ポリーはその番号を声に出して言った。もう一度繰りかえし、また繰りかえし、頭に刻みこまれるまで繰りかえした。

ニュースはトラックのコマーシャルに変わった。ポリーはテレビを消した。闇の中にじっと座っていた。しばらく呆然としていたが、やがてわれに返った。母親はもういなかったし、継父もいなかった。それに、それを考えると喉に釣り針が引っかかったようになるけれど、父親も実際にはいなかった。本当の父親は。

ポリーは熊を胸に抱きしめた。熊が本物じゃないのはわかっていた。本音を言えば、本物じゃなくてよかったと思った。それなら絶対に自分を置いていかないからだ。熊をきつくきつく抱きしめた。〝助けを求めるには〟の番号をぶつぶつと繰りかえした。声がかすれてひび割れてきた。熊がポリーの顔に手を伸ばして、頬をなでてくれた。熊の手は濡れて戻ってきた。

ポリーは熊を置いた。受話器を手に取った。涙まじりの洟水をすすりあげ、番号をつぶやきながらそれを押した。

8

パク
アンテロープ・ヴァレー

狼が狩りをするときになぜ吠えるのか、パクは知っていた。刑事になった最初の晩にサン・バーナディーノで学んだのだ。パクと指導役のスタッツは倉庫街で路上レースに遭遇した。道の両側に車がずらりとならび、何十もの顔が〝やべえ、お巡りだ〟と口にしていた。スタッツは強引なUターンをして戻ってきた。レーサーたちは轟然とスタートを切り、ふたりから逃げた。見物は自分たちの車に飛び乗って、たちまち夜の闇に姿を消した。

「コード・スリー」とスタッツがパクに命じた。パクはスイッチを入れた。夜の闇が赤と青に変わった。スタッツはアクセルを踏みこんだ。体が横向きの重力を受けたように、加速でシートに押しつけられた。サイレンが闇に吠えると、ほかにも何かが吠えだした。一瞬ののち、パクはそれが自分の声なのに気づいた。

「たまらねえ」とパクが言うと、スタッツは笑って、「ああ、たまらねえな」と答えた。まもなくふたりは一緒に笑っていた。そのいかれたすばらしさに笑っていた。車は落下するような猛スピードで突っ走った。どこまでも獲物を追った。横滑りしながらターンすると、ふたりの合唱にタイヤの悲鳴が加わり、パクの肌が粟立った。いや、魂が粟立った。ふたりが追っている車はターンに失敗して横転し、ファーストフード店の看板のポールに屋根から激突した。ポールは神が咳払いをしたような音をさせて屋根にめりこみ、パクは自分の体内で何かが盛りあがって砕けるのを感じた。あまりに強烈な感覚だったので、ズボンの前をすばやく検めて、ぶっぱなしていないのを確かめた。

パクの考えでは、こういうときの自分はジャンキーの時間を生きているのだった。人は誰でも何かにのめりこむ。ドラッグとか、酒とか。ピザとか、半ガロン・カップ入りの炭酸飲料とか、白い上っぱりを着た連中のこしらえる料理とか。インターネット上で喧嘩を売ることとか、携帯のてっぺんから電子の宝石が降ってくるゲームとか。だが、人はみな研究室のラットであり、みな頭蓋に何かを突き刺していて、ペダルを踏むとそれに刺激があたえられるようになっている。いちばんいいのは、自分をもっとも高ぶらせるが、もっとも命を縮めないものを見つけて、それを追求することだ。パクの場合、それが追跡だった。だからそれに身を任せるようになった。

パクはそのスリルを占い棒として用いるようになった。それが行けと命じるところへ行き、迫れと命じるところに迫った。

警部からその二重殺人の話を聞いたときも、その興奮が始まった。別れた夫は出所したばかりの前科者だと教えられると、腕の毛が逆立った。そして、悲しげな青い眼をした行方不明の少女の写真を見せられると、自分がのめりこんだのがわかった。

そして今、このアンテロープ・ヴァレーのガソリンスタンドで、その興奮がパクにこう告げていた。カウンターの中にいるこの馬のクソみたいな眼をした女は、絶対に何かを知っている。

トム・ハフならびにエイヴィス・ハフ殺害事件を警部が重要犯罪課にまわしてからというもの、パクはネイト・マクラスキーの詳細を洗うことに日々を費やしていた。ネイトの線にしか時間を割かなかった。前科者が出所して、その十二時間後にそいつの元妻が殺され、娘が行方不明になったら？　一足す一は、パクが前回確かめたときには二だった。

トムはなかなか立派な銃のコレクションを持っていた。パクはトムが登録していた銃のリストを入手し、それをトムの家から見つかった銃と照合して、もっと簡単な計算をした。ふたりを殺した何者かは——すなわちネイト・マクラスキーは——拳銃二挺とイサカの立派なポンプ式ショットガン一挺を、勝手にわがものにしていた。

パクはネイトの記録を読みあさった。どれを見ても、まぬけそのものに思えた。武装強盗で二度の有罪判決。けちなガソリン・スタンド強盗だった。一度目は幸運に恵まれた。白人で十九歳だったために、判事が手心を加えてくれたのだ。二度目はかなり重い刑だった。五年間服役し、さらに少なくとも五年はぶちこまれているはずだったのだが、なんらかのミスがあったらしい。ネイトが釈放されることになった上告を、パクは調べてみた。法律用語を弄しただけのご託だった。

ネイトの両親はすでに死亡していた。兄弟がひとり、ニックという兄がいたが、これも死亡していた。ニック・マクラスキー。その名前がパクは気になった。その兄を洗った。分厚いファイルが出てきた。ニックは何度かプロの総合格闘技の試合に出場していた。二十三のとき、酒場の喧嘩でひとりを殴り殺した。故殺ということで罪を認めた。ヴィクターヴィルでしばらく服役。箔をつけて出所し、〈アーリアン・スティール〉の用心棒をやっていた。死亡したのは数年前。盗んだバイクで逃走中、警察に追跡されてフリーウェイで激突死したのだ。死亡するところは夕方のニュースで生中継された。

ネイトはどうせ検問でとっつかまるか、またぞろ強盗をやらかすだろう。こちらが見つける前に、どうせむこうからつかまりにくるだろう。パクはそう踏んでいたが、それでも興奮を追いかけて、捜査にいそしんでいた。

パクは記者会見をやった。ニュースのあと、いろんな電話がかかってきた。タコマの霊能者からは、ポリーの死体は水の近くで発見されるだろうと言われた。典型的ないんちき霊能者のガセネタだった。どこだって、なんらかの意味では水の近くなのだ。死体がもし高地砂漠の家で発見されれば、霊能者はそこの蛇口の水漏れを言いあてたのだと称讃される。

パクは警察の報告書にかたっぱしから眼を通した。子連れの白人の男を捜した。九一一番通報を調べた。ぴんとくるものが見つかった。サン・ヴァレーのガソリンスタンドでスクラッチ籤を買っていた男が、物騒な睨み合いがあったと通報していた。ひとりは銃を持ち、ポリーぐらいの歳ごろの女の子を連れていたという。もうひとりのほうはナイフに、スキンヘッドに、刺青。

実際には、一本の青い稲妻の刺青。ムショの刺青だ。〈アーリアン・スティール〉はメンバーの印として青い稲妻を用いる。組織のために実行した殺人一件につき一本。興奮が高まった。これだと告げていた。ネイトは兄を通じて〈アーリアン・スティール〉とつながっている。ホワイトボーイどもの地下鉄道で州を出ようとしているのかもしれない。それともたんに庇護を求めているのだろうか。

のりのりの興奮ではなかった。だが、それなりのものではあった。だからパクはアンテロープ・ヴァレーに出かけた。カウンターの中にいた女は当日も働いていた女だった。カーラ・ノックス。男たちを平気でガミガミ怒鳴りつけるような、たくましい大女だった。パクが店にはいったとたんに、パクを警官だと見抜いた。パクは別に警官らしく見せようとはしていなかったが、人は好むと好まざるとにかかわらず、自分が毎日暮らしている世界に染まってしまうものだ。

それでもいちおうバッジを見せた。女の眼が大きくなった。パクの内部で興奮のざわめきが始まった。落ちつけと自分に言い聞かせた。人が警官に対して不安を覚える理由はいくらでもある。刑務所行きになるほどのブツが、ポケットの中のビニール袋にはいっているとか。ずっと昔にいやな経験をしたとか。やましいことだらけなので、警官を見ると、自分は逮捕されるのだ、何かがばれたのだ、何もかもばれたのだと思いこむとか。

あるいは、何かを知っているとか。

「ジョン・パク刑事だ」と彼は言い、ひくひくする女の喉を見つめた。

何かを知っているのかもしれない。

女に質問をし、答えにはろくに耳を傾けずに、相手の体を、呼吸のしかたを観察していた。答えなど聞かなくてもよかった。女が口をひらいた瞬間に、でためだとわかったからだ。女は嘘をついていた。そこまではっきりしていた。問題は、なぜ嘘をつくのかだった。

そう思いながら、パクはカーラの顔をふり返りもせずに店を出た。

ズボンのポケットで携帯が振動した。パクはそれを無視した。獲物を仕留めにかかった。カウンターに身を乗り出した。〝おまえは終わりだ〟というように、にやりとしてみせた。

携帯がまた震えだした。パクは携帯を引っぱり出した。分署からだった。カーラとの対決をそのままにして、カウンターから離れた。

「いい知らせなんだろうな」と電話に言った。

「ミラーだ」パクとデスクを共有している重要犯罪課の刑事だった。「あんた宛てに電話がかかってきてる。おれが対応しようか？」

「用件を聞いといてくれ」

「女の子だ。名前はポリー・マクラスキー。あんたと話したいとさ」

胸が苦しくなり、自分が息を止めていたのに気づいた。皮膚がちりちりした。これこそジャンキーどもが過剰摂取に呑みこまれる直前に感じるものだろうか。

9

ネイト
フォンタナ

あの子のためだなんて嘘をつくんじゃない。

マジックの家はジェイクの言ったとおりの場所にあった。ネイトは家の前の暗闇に座っていた。殺しの前の確認事項をチェックした。手段。方法。逃走ルート。大義名分。最後のやつは簡単だった。自分に嘘をつくことはできなかった。これはあの子のためではなく、自分のためにやることだった。自分は無傷のままだと感じるために。無傷でないとしたら、少なくとも手当はされたと感じるために。あんなまねをしたマジックのやつがのうのうと暮らしていることがわかっていては、先へ進めなかった。やらなければならないことに取りかかれなかった。

モーテルにいるポリーにはネイトが必要だった。あの子を守るためなら死んでもかまわなかった。だがそれでも、これだけはやらなければならなかった。絶対に。

家の表側の窓で灰色のテレビの光がちらついた。家の持ち主はチャド・デイヴィッドソン。〝マジック〟の通称で知られる男だ。ネイトがその名を初めて聞いたのは、スーザンヴィルで夜更けに武勇伝が広まったときだった。マジックには〝アグア・ダルシーの銃撃戦〟で〈スティール〉のために死んだ従兄がいた。アグア・ダルシーは伝説だった。OK牧場の決闘だ。主演はホワイト・パワーの殺し屋どもと、メタンフェタミン中毒者ども。殺しの標的にされたどこかのジャンキーが、高地砂漠の真ん中で、トラックの荷台いっぱいの〈スティール〉の殺し屋どもを迎え撃ったのだ。戦いは牛の群れの大暴走と野火で終わり、マジックの従兄のカーターは顔に鹿玉を食らった。ジャンキーはついに見つからなかった。マジックは報復を誓った。ジャンキー野郎のいたバイカー・グループを見つけ出し、多数の親指を戦利品として持ちかえった。親指がなければチョッパーには乗れない。あとにはバイクを質に入れる指なしどもの群れが残された。

マジックは復讐を遂げた。当人はそれを、砂漠で顔を半分吹っ飛ばされて黒焦げで見つかった従兄のためにやったのだと思っていたかもしれない。だが、そうではないことをネイトは知っていた。復讐など愚かで自分勝手なまねだということを知っていた。もし自分が失敗すれば、ポリーを無防備のままひとりぼっちにしてしまうことになる。そして自分はまたダメ男に、こんどは最低のダメ男になるのだ。

だが、それでもやるつもりだった。頭の中の兄の幽霊なら、絶対にやれと言うはずだった。

ここに来てもう一時間たっていた。マジックが中にいるのはわかっていた。だが、女が一緒にいた。泊まっていく可能性もあったが、そうはならないだろうとネイトは思った。マジックはことがすんでも女を抱きしめているタイプには思えない。だから待った。

マジックがただの実行犯なのはわかっていた。クレイジー・クレイグ・ホリントンこそが、エイヴィスとトムを殺したのだ。全員への青信号を出したのだ。やつだけがそれを解除できるのだ。

だったらやつも殺せ。兄の幽霊が頭の中でそうはやした。死者が言うのはたやすい。クレイジー・クレイグには手が出せない。超重警備監房に監禁されている。社会をクレイジー・クレイグから守るためだと看守どもは言うが、当人たちもそんなことを信じるほどばかではないだろう。窓のない部屋に監禁したところで、クレイジー・クレイグは阻止できない。エイヴィスに訊いてみろ。

エイヴィスのためだなんて嘘をつくのもやめろ。

死んだときのエイヴィスは、ネイトの女ではなかったし、どのみち、本当にネイトの女だったことは一度もないのだ。人は結局のところ、自分以外の誰のものでもない。それはネイトにもはっきりわかっていた。

だが、それがなんだ？　くだらないまねなのはわかっていても、やらなければならないのだ。自分の中にあるものにネイトは逆らえなかった。やらなければならないという兄の声とともにあるものに。逆らえないことがうれしかった。これは自分にできることだった。自分にはマジックを殺すことができるのだ。エイヴィスの復讐を果たすことができるのだ――少なくともある程度は。エイヴィスの助けになるかどうかはともかく。で、そのあとは？　クレイジー・クレイグを殺すことができない以上、逃亡するほかなかった。自分とポリーも、アグア・ダルシーの銃撃戦のあのジャンキーみたいにやれるだろう、姿をくらませるだろう。ネイトはそう踏んでいた。〈アーリアン・スティール〉に手出しをされない場所を見つけられるだろうと。南のメキシコに。風の噂では、バハ・カリフォルニア半島の先端にペルディードという場所があるという。いつまでも滞在できる場所が。

あの子のためだなんて嘘をつくんじゃない。

このままポリーと一緒にいるわけにはいかなかった。ネイトはすでにポリーを毒しはじめていた。ネイトがジェイクを痛めつけたとき、ポリーは自分がその場にいるのをネイトに気づかれていないと思っていたが、ネイトは気づいていた。ジェイクの腹に膝を載せて背中を炭に押しつけてやったとき、ポリーは眼を爛々とさせて父親の暴力を見つめていた。ポリーがどう感じているのか、ネイトにはわかった。わかるだけに、いっそう怖かった。これまでにないほどはっきりと、ポリーを自分の子だと確信したからだ。

家のドアがあいた。〈スティール〉の取りまき女（フェザーウッド）が出てきた。コンバット・ブーツをはいていた。髪型はいかにもフェザーウッドらしく、つるつるに剃りあげて、前髪だけを顔に垂らしている。爪は黒く塗っていた。クランクでそわそわしているのが、闇の中でもわかった。

待っていると、女はトラックに乗りこんで走り去った。テールランプが見えなくなり、いよいよその時が来ると、ネイトは怖じ気づいてきた。

強くなるには弱さを感じなけりゃならない。ニックはそう言った。ネイトの初体験になるはずの酒屋の外に停めた車の中で、ネイトの手が震えているのに気づいたときのことだ。**強くなるには弱さを感じなけりゃならない。そこから逃げるな。**

ネイトは眼を閉じた。ニックに教えられたとおりに深呼吸をした。呼吸を通じて自分の中の獣に語りかけるんだ。ニックはそう教えてくれた。ニックはしじゅう自分の獣に語りかけ、獣に語りかけられていた。だからネイトにもそれを教え、それで今のネイトがあるのだった。ネイトは車のドアをあけて、夜の闇に滑り出た。

ドアを軽くノックした。女が何か忘れものをして戻ってきたとしたら、そんなふうにたたくはずだった。

体内の血液は揺すられた炭酸飲料さながらになっていた。

ドアの反対側に人が歩いてくる音がした。そいつの姿が板のむこうにはっきり見える気がした。ドアに寄りかかってのぞき穴をのぞくのがわかった。

もう一度深呼吸。吸って、吐く。

ネイトはドアを蹴とばした。ドアはばんとあき、マジックの顔に激しくぶつかった。ネイトは中にはいり、銃をかまえた。時間の進みが遅くなった。

マジックは古風なモヒカン野郎だった。右耳の上のむきだしの頭皮に、鉤十字を彫っていた。喉にぐるりと点線の刺青があり、〝切り取り線〟と書かれている。鼻はドアが激突したあたりが赤らんでいた。腕には四本の青い稲妻。下の二本はまだ濡れている。新しい。

新たな二件の殺しを示す、新たな二本の稲妻。一本はエイヴィス、もう一本はその夫だ。そう考えてネイトの脳は時間を使った。それが失敗だった。思考というのは遅すぎて、格闘には向かない。

マジックのブーツが蹴りあげてきた。空気がシロップになったかのように、動きは緩慢だった。だが、時間がおかしくなり、ネイトの動きも鈍くなっていた。ブーツが膝にたたきこまれ、ネイトは転倒した。

マジックが殺意で眼をぎらつかせてのしかかってきた。何やらしゃべっていた。世界の動きが遅すぎて、ネイトにはその音を復元できなかった。

マジックに両手で喉首をつかまれたころ、ようやく自分がもはや銃を手にしていないのに気づいた。マジックが首を絞めあげた。それでもまだ、ネイトは少しばかり息を吸えた。視野の端のほうはぼやけなかった。世界の総体は変わらなかった。マジックは首の絞めかたを知らないのだ。

手をもぎ離した。マジックがのしかかってきた。ネイトの顔をまさぐった。眼をえぐろうとした。ネイトはマジックを抱きよせ、その顔を胸に押しつけた。マジックはシャツ越しにネイトにかじりついた。皮膚を嚙みちぎった。ネイトは痛みをこらえ、片膝をマジックの腹の下に入れた。腹を蹴りあげて相手をひっくりかえし、上になった。マジックはまだ眼をえぐろうとしていた。ネイトは片方の手首をつかんだ。ひねりあげた。ぼきっという音がし、悲鳴が聞こえた。なおもひねりつづけた。マジックは荒馬のように暴れて、ネイトのバランスを崩した。無事なほうの手を、床に落ちている何かに伸ばした。自分のほうへ向けられてくる銃にネイトが気づいたときにはもう、〝やばい〟と思う時間しかなかった――

10

パク
アンテロープ・ヴァレー

パクは車のエンジンをかけた。ラジオからロックがけたたましく鳴りひびいた。聞こえなくなるまでノブをひねり、ヘッドライトをつけた。携帯電話を肩で耳に押しつけ、カチカチプップッという音に耳を澄ました。ミラーのやつがこんどこそ通話の転送のしかたを憶えていてくれることを祈った。

電話のむこうで甲高いひゅうひゅうという音。洟水を垂らした子供の息づかいのようだ。

いたずら電話か。頭のおかしなやつか。ポリーか。

「パク刑事です」

いたずらはやめてくれよ。おかしなやつはやめてくれよ。

「もしもし？」パクは応答を待った。聞こえるのはひゅうひゅうという音ばかり。それから女の子の声。

「もしもし」

「ポリー？　ポリー・マクラスキーか？」

「うん」

まちがいない。興奮がそう告げていた。少女の声にひそむ恐怖に、パクは胸を衝かれた。突然、それはもはや興奮とは無関係になっていた。とにかくそこには何か真正なものがあった。その少女の声にひそむ恐怖には。胸の内で爆雷が次々に炸裂した。パクは車のギアを入れた。車は砂利を弾きとばしながら駐車場を飛び出した。もと来たハイウェイのほうへ車を向けた。

「お父さんは一緒にいるの？」

「今はいない。戻ってくる」

「そこはどこ？」

「助けてくれる？」

「それこそ、わたしのしたいことだよ」

ひゅうひゅうという音が駆け足になった。

「あたし、知ってるの」声はひどく小さかった。

「何を知ってるんだ、ポリー？」

「母さんが死んだのを。あの人たちが殺したのを。母さんとトムを」

「あの人たち？　あの人たちって？」

「あたし、怖い」

「だいじょうぶだよ。今どこにいるのか教えて」

「お願いだから父さんを傷つけないで」少女の内で何かが決壊し、彼女はしゃべりながら嗚咽を漏らした。

「あたし、もうここにいたくない。だけど、父さんを傷つけないで、お願い」

「ポリー、きみはわたしに電話してくれた。わたしはきみを助けられる。でもそれには、きみがどこにいるのか教えてくれないと」

数秒経過。急かしてはいけないのはわかっていた。ハンドルを指で連打した。さあ、さあ、さあ。

「〈シーニック・ハイツ〉っていうモーテル。二十三号室」

やったぜビンゴ大当たり。

「ポリー、すぐに助けにいくからね」

ひゅうひゅうという音だけの間。パクは猛スピードで車を走らせた。ひなげしの花々が視野の隅でぼやけた。

「あ、まずい」ポリーの声がかすれたささやきになった。

「ポリー、切らないで――」

「誰か来る」ポリーがそう言った直後、パクの耳元で電話は切れた。

11

ポリー
マウント・ヴァーノン／バーストウ・フリーウェイ

ポリーはできるだけ音を立てずに電話を切った。ドアノブが動くのが、闇を透かして見えたように思った。ブラインドのむこうで影が揺れた。ドアの反対側から鍵が鍵穴のまわりを引っかく音が聞こえてきた。探っているのだ。母親とトムが夜にバーから帰ってきたときにやるみたいに。ポリーは片手でバットを、片手で態をつかんだ。ドアがあいた。背後に外の照明があるため、男はただの影にしか見えなかった。

「ポリー……ポリー、いるのか？」

影が中に一歩はいってきた。父親はひどくよろめき、テーブルにつかまって体を支えた。一条の光の中に赤い手が見えた。テーブルが赤く汚れているのも。ズボンの片脚がぐっしょり濡れていた。黒い生地が赤く。父親が動くと、太腿の付け根あたりに黒っぽい穴が口をあけた。ポリーは胃が沈みこむのを感じた。父親のところへ走っていきたかった。父親から逃げたかった。だが、どちらもしなかった。

ふたりはこれまでと別の車に乗った。いかにもスピードの出そうな黒い車で、傷やへこみがそこらじゅうにあった。遠くでサイレンの音がいくつも、高くなったり低くなったりしていた。上空のどこかでヘリコプターが空気を攪拌している。あたしたちを探してるの？　あたしたちを追いかけてるの？

あたしが呼びよせちゃったの？

あの電話をかけたとき、ポリーは自分が何を望んでいるのかわかっていなかった。わかっていたのは、自分にとってこれは大きすぎて、手に負えないということだけだった。助けが必要だった。だから電話したのだ。助けてもらえば、パク刑事がなんと言おうと、父親がきっと刑務所に逆戻りするはめになるのはわかっていた。だが、今こうして父親が怪我を、ひどい怪我をして出血しているのを見ると、自分が崖っぷちに立って爪先を虚空に突き出し、背中にびゅうびゅうと風を受けているような気がした。

父さんを失うわけにはいかない。ポリーはそう悟った。あたしにはもう父さんしかいないんだから、大切なのは父さんだけだ。それに父さんにも、もうあたししかいないのかもしれない。だとしたら、あたしも父さんには、大切なのかもしれない。

父親は姿勢を正して運転していた。パーカーを膝にかけて、腿の穴が眼に触れないようにしていた。運転にすっかり集中していて、自分たちの車とすれちがっていったパトロールカーにも眼をやらなかった。パトロールカーはあのモーテルに向かっているのだろうか。ポリーはそう思ったが、そんなことは心の底に押しこめた。今はもっと大きな心配ごとがあった。もっと切羽つまった心配ごとが。

「病院の場所、知ってる？」ポリーは訊いた。

「病院には行かない」父親は言った。

「だめだめだめ、お医者さんに行って」体の中のとげとげしたものが声になって表われた。

「体に弾がはいったまま医者に行ったら、医者は警察に通報しなきゃならない」と父親は言った。「そういう決まりなんだ。でも、おれは警察につかまるわけにいかない。つかまったらおしまいだ。おれたちふたりとも」

脳裡に〝警察〟という単語が炎で綴られたあと、やっとポリーは〝弾〟という言葉の意味を理解した。

「人は弾で死ぬんだよ」

「刑務所に入れられたら、おれはまちがいなく死ぬ。おまえの母さんを……母さんをやったのと同じやつら。青い稲妻のやつらが、中でおれを待ちかまえてる」

父親の顔を何かが波のようによぎった。痛みか、痛みよりつらいものが。

「その人たちにやられたの？」

「そのうちのひとりにだ」と父親は言った。「おまえの母さんをやったやつだ。だけど、おれはそいつをやった」

ふたりは大きなトラック休憩所にやってきた。二十基の給油ポンプと、食堂と、シャワーと、ギフトショップがあり、駐車場の一方の端には、ダブルワイドのトレーラーハウスが設置されていた。側面に〝トラック運転手伝道所〟の文字がステンシルされている。

父親はトラック休憩所の光から遠く離れた薄暗い終夜駐車区画に車を乗りいれ、運転席の明かりの消えているセミトラックのあいだに駐車した。

「あそこへ行ってきてほしいんだ。応急手当の棚を見つけて、ガーゼと包帯をたくさん買ってきてくれ。それにオキシドールと、消毒薬と、手の殺菌液。あったらスエットパンツも。おまえがおれを手当てするんだ」

ポリーは頭の中で何かががさがさ揺れるのが聞こえるほど激しく首を振った。だめ。弾なんかむり、人の体にはいっている弾なんか。あたしが子供だってこと知らないの？ 金星から来たのがわからないの？

「ポリー」と父親はなおも言った。「おまえがいなけりゃだめなんだ。わかるだろ？」

体を横に傾けて父親は尻のポケットに手を伸ばした。歯を食いしばる音がし、顔の筋肉がゆがむのが見えた。財布を取り出そうとしていた。ポリーは意を決し、口をひらいた。

「だめ」思ったより大きな声になった。父親はポリーを見た。

「それじゃ血がついちゃう。あたしがやる」

「賢い子だ」父親はそう言うと、〝じゃあ頼む〟というように尻のポケットを顎で示した。ポリーは財布を引っぱり出してあけ、二十ドル札を一枚出した。

「もう一枚持っていけ。念のために」父親は言った。

ポリーは言われたとおりにすると、財布をコンソールに突っこんだ。ドアをあけた。ルームランプがついた。父親は青ざめて、汗でてらてらしており、突然の光に眼を細めた。

両手のビニール袋を脚にぽんぽんとぶつけながら、ポリーは父親の運転と同じようにゆっくりと落ちついて店から戻ってきた。見あげると、夜空は星でいっぱいだった。インランド・エンパイアでは星はあまり見えなかった。こんなにたくさん見えるところまで来たのだ。ポリーは星々が何百万キロもかなたにあるのを知っていた。あんまり遠くだから、それらはもう死んでいて、過去の光が地球に届いているだけかもしれないのだ。宇宙には本当にここと何もかもそっくりで、少しだけちがう星があるのだろうか。自分がうまくやっていける世界ははたしてあるのだろうか。ポリーはそれが気になった。

車のドアをあけると、ルームランプがついた。父親の顔は魚の腹のように白くなり、眼は閉じていた。

「父さん?」

首がのろのろと動いた。まぶたがさも大儀そうに持ちあがった。

「おまえがそんなふうに呼んでくれたのは、ちっちゃかったとき以来だな」

「買ってきたよ」ポリーはビニール袋を持ちあげてみせた。

「ここじゃむりだ」父親は〝まわりを見ろ〟というように両手を広げてみせた。

ポリーは後部席をのぞきこんだ。スピードの出る車によくあるように、狭かった。ふたりでそこにはいりこむのは、とうていむりだった。

「モーテルに戻らなきゃだめだ」父親は言った。青い制帽の下で狼のような眼を光らせた警官の姿が、暗闇に次々と浮かんできた。ポリーはそれを心の底に押しこめて、駐車場を見わたした。トラック運転手の教会が眼にはいった。

「あそこはどう?」

だめだと言われるだろうと思った。おれがボスだと。だが、言われなかった。父親はうなずいて「いいだろう」と言った。ふたりのあいだで何かが変化したのがわかった。父親から見てポリーが少し大きくなったのかもしれない。そしてはっきり言うと、ポリーから見て父親が少し小さくなったのかもしれない。だがそれでもまだ、父親は巨大だった。

トレーラーのドアは薄っぺらい金属板で、〝罪人（つみびと）歓迎〟と色褪せたペンキでステンシルされていた。ポリーは車を降りて、金属階段をのぼり、そのドアの前まで行った。

「くそ。こじあけなけりゃならないな」父親が言った。

「だあめ」ポリーは言った。

試しにあけてみた。ドアはあいた。

「前にトムから聞いたんだけどね。あけておくんだって」とポリーは言った。「そうすればいつでも中でお祈りができるでしょ」

電気をつけた。木製の羽目板、聖書台、三列にならべられた椅子。毛足の長いカーペット。祭壇の上には、額にはいった優しげなキリストの絵がかけてある。

父親も中にはいってきた。椅子につかまって体を支えながら、祭壇の前に横になった。ジーンズのベルトをはずした。

「靴を脱がしてくれ」父親は言った。ポリーは動かなかった。

「ポリー」父親はまた言った。ポリーは父親の足もとへ行って、スニーカーの紐をほどいた。まずは怪我をしていないほうの左脚から脱がせた。次に右の靴を引っぱった。父親の脚が震えた。喉の筋肉がおかしな動きをするのが見えた。自分の喉の筋肉もおかしな動きをするのがわかった。もっとしっかりつかもうとして、靴を持ちなおした。父親の喉から声が漏れてきて、ポリーは手を離した。靴は脱げなかった。

「何してるんだ。おれのことは気にするな。ひと息にぐっとやれ」父親は言った。

ひとつの記憶が頭の底から、古い記憶の沈んでいるところから、ぶくぶくと浮上してきた。歯ぐきから抜けそうな、ぐらぐらしている一本の歯、初めての生え替わり。口の中にはいってくる父親のごつい指。一、二の三で、頭のてっぺんに突きぬける鈍い痛み。父親の手のひらにのった歯。赤く染まったその根元。それを見せて、にっこり笑う父親の顔。

「強い子だ」父親はそう言いながら、抜けたてのその歯をポリーの手のひらに押しつけた。この記憶は今までどこにいたんだろう？　あたしが強い子だったのはいつなんだろう？

ポリーは父親がむかし彼女の口に指を突っこんだように、靴の口に指を突っこんだ。思いきりぐっと引っぱると、靴を手にしたまま後ろへひっくりかえった。ジーンズの裾から突き出た靴下が、ほとんど爪先までプラム色に染まっていた。ポリーは父親を見あげた。父親はへんてこな笑みを浮かべていた。

「なあに？」ポリーは訊いた。

「なんでもない。よくやった」

時間が重なり合ったような気がした。あのときポリーの乳歯を手にして立っていた父親と、今こうして父親の血染めのスニーカーを手にしているポリー自身が。父親はどちらのときも、同じへんてこな笑みを浮かべていた。

強い子だ。

ポリーはやる気になってきた。父親がジーンズを脱いでいるあいだに、応急手当の材料を準備した。向きなおったときにはもう、父親は車の後部席から持ってきた毛布で体をくるんでいた。血まみれの脚だけが裸で突き出している。ポリーはがんばってそれを見た。腿の横に傷口があいていた。皮膚にできたクレーターのように見えた。赤くじくじくした生肉の中心部のように。

胃がむかむかしてきた。手がひどく震えてオキシドールの蓋があかなかった。

「深呼吸をするんだ」と父親は言った。「眼を閉じて。大きく。鼻から吸って。口から吐く。おれに聞こえるぐらい、ふうっと」

ポリーは言われたとおりにした。吸って、吐いて。吸って、吐いて。眼をあけた。自分の手を見おろした。まだ震えていた。でも、ましになっていた。瓶の蓋をあけた。脚の横にかがみこみ、左手を脚にかけた。触ると熱かった。

オキシドールを傷口に注いだ。しゅわしゅわとピンク色になった。グレープフルーツソーダを連想した。心のどこかには、笑って笑って笑いつづけたがっている自分がいた。その気持ちをやりすごして、教わったとおりに深呼吸をした。

「弾はどうする？」

「どうするって？」

「取り出さなくていいの？」

「ああ。弾はもうこれ以上悪さをしない。そのままにしておけばいい」

ポリーは手の殺菌液のボトルを取って、両方の手のひらに噴きつけた。

「母さんはおまえを教会に行かせたりしたか？」たんに沈黙が破れたからにすぎないかもしれないが、父親はそう訊いた。

ポリーは父親の視線を追ってキリストの絵を見た。〝しない〟というように首を振った。

「一年生のときグロガー先生にね、クリスマスのお休みのときの家族の絵を描きなさいって言われたんだけど。あたし、描きたくなくてね。とにかく描きたくなくて、あたしはユダヤ教徒ですって言ったの」

ポリーはチューブから消毒薬の軟膏を少し指先に絞り出した。

「それで？」

ポリーは指先の軟膏を、脚の穴にそうっと塗りつけた。

「あたしはユダヤ教徒です。うちはクリスマスは祝いません。だからそんなばかな絵も描きませんて、そう言ったの」

それからガーゼ・パッドに薬を塗りひろげた。

それを傷口にあてた。毛布の襞のあいだで父親が拳を握りしめた。

「それで先生はね、その絵をあたしには描かせなかったんだけど。かわりに、母さんに電話しちゃったわけ」

ポリーは何か疼くものをぐっとこらえてから、話を続けた。

「先生は母さんに電話して、何があったのか話して、こう言ったの。〝すみません、お宅がユダヤ教徒だとは知らなかったものですから〟そしたら母さんたらね、〝あらまあ、わたしも知りませんでした！〟だって」

「あいつらしいな」父親は言った。

母親を亡くした悲しみが、また生々しくよみがえってきた。父親の脚の穴ぐらい生々しく。だが、ポリーはその思い出に微笑み、さほどひどく泣かずに最後まで話をした。

「で、母さんはどうしたかっていうとね、ユダヤ教徒になりたいならなってごらんなさいと言って、あたしをあのオンタリオ（フォンタナの西隣の市）の礼拝所に連れてってくれたの。そこはちょっとクールでね、すごい古い本があって、それを読むんだけど、普通の教会とおんなじぐらい退屈なの。まじで。だからあたし、自分はユダヤ教徒でも何教徒でもないことにするって決めたわけ。でも、やってみたのはいいことだって、母さんは言ってくれた」

ポリーは舌で歯をなめた。父親に抜かれた歯のあとに生えてきた歯を。代わりが生えてくるものもあれば、絶対に生えてこないものもある。そう思いながら、ガーゼの上に包帯をあてて巻きはじめた。やがて涙は止まった。

「もっときつくしてくれ」父親は言った。ポリーは巻きなおした。包帯をテープで留めると、体を起こした。痺れた指先をぶるぶると振った。

「それでいい？」ポリーは訊いた。父親は前かがみになって仕上がりぐあいを見た。

「だいじょうぶだ」そう言うと、ポリーの腕をつかんでぎゅっと握った。「これならだいじょうぶだ」

ふたりはしばらくそうして座っていた。あたりは静かだった。ポリーの内面さえ。

12

ネイト

バーストウ・フリーウェイ

弾傷のことは昔ニックが教えてくれた。弾をえぐり出すなんてのは、映画の中のでたらめだ。むりに引っぱり出すのは、そのままにしておくより傷によくない。ロニックは留置場で聞いた話をネイトにしてくれた。ロサンジェルスの三人組の拳銃強盗の話だ。ひとりが肩に弾を食らい、放っておくと死にそうなほどひどく出血していた。しかし弾傷があると、怪我人を病院へ連れていくわけにいかないから、そいつらはどうしたかというと、獰猛なピットブルを怪我人の肩に食いつかせた。そして犬が弾傷をぐちゃぐちゃのハンバーグにすると、怪我人を犬に襲われたといって病院へかつぎこんだ。この話の教訓は、撃たれるなということだ。ニックはそう言った。

撃たれてもすぐには死なず、出血多量にもならない場合、体内にはいった銃弾のいちばんやばい点は、それが体内にほかのものを一緒に持ちこむということだ。銃口から飛び出したばかりの弾は、それを発射した炎で消毒されているが、体に命中すると、衣類や皮膚の断片を集めて、それを体内に一緒に引っぱりこんでしまう。弾そのものや出血で死ななかった場合、こんどはそういうジーンズや皮膚の小さな切れっ端を心配しなくてはならない。感染症を引き起こすからだ。しかし、傷口はポリーがうまく消毒してくれた。ネイトにできることといえば、紫色が広がらないか気をつけていて、広がったらどうするかを心配することだけだった。

脚を引いてトラック休憩所の駐車場を歩きながら、ネイトはポリーの買ってきてくれたスエットパンツを点検した。血の染みはない。痛みと歩きかたはかなりひどかったが、それはしかたなかった。少なくとも骨はやられていなかった。

トラック休憩所でウィスキーを一パイントとビーチタオルをひと山買った。ポリーは車で待っていた。血だらけのシートにふたりでタオルを敷いた。瓶の封を切って長々とひと口飲んだ。それはネイトの体内をきれいに焼いた。銃口から飛び出した銃弾のように。ボトル入りの水をチェイサーにした。喉がからからだったのに気づいて、それを飲みほした。空になると、そのプラスチック・ボトルを握りつぶした。その音にネイトは身震いした。脳裡に銃声がよみがえったのだ。

ネイトがマジックを押さえこんだとき、マジックが銃を拾いあげた。銃口からの閃光と轟音で、世界がサイケデリックに変わった。暗光が眼の中にいくつも花ひらき、耳がキーンと鳴った。ネイトは銃身をつかんだ。熱い金属で火傷するのもかまわず、銃身をひねった。用心金の内側でマジックの指の骨が折れるのがわかった。そのねじれた指から銃をむしり取り、後ろへ下がった。銃を鷲づかみにし、マジックの側頭部の鉤十字にたたきつけた。もう一度。マジックの両眼がゼロになった。ゆるんだその口に銃身を突っこんだ。晴れわたった青空を舞うコンドルが見えた。引き金を引くと、マジックの後ろの敷物に、べちゃべちゃしたものが扇状に飛び散った。

死体を見てネイトはわれに返った。なんてばかなまねをしたのか。危うくすべてを失うところだった。ポリーを地獄へ落とすところだった。死体は何も解決しない。ポリーはまだ危険にさらされている。おれもそうだ。クレイジー・クレイグはマジックみたいな殺し屋をまだ一ダースは抱えている。〈アーリアン・スティール〉の殺し屋はおれが逃げようと思うところにはどこにでもいる。おれは兄貴の幽霊のせいで、いっさいを危険にさらしてしまったんだ。

ネイトは死人の脚の上に寝ころんだ。天井を見あげて、息を整えようとした。マジックに首を絞められたのが今ごろ効いてきたかのように、世界の端々がゆがんできた。脚が生温かく濡れているのがわかった。そこで初めて、自分が撃たれているのに気づいたのだ。

「だいじょうぶ?」

ポリーの言葉で現実に引きもどされた。ネイトはうなずいた。キーをまわそうとして身を乗り出した。痛みの波に襲われ、シートにたたきもどされた。

「ああくそ」ネイトは痛みと格闘し、ようやく取っかまえて組み伏せた。

ポリーが熊を動かして、ネイトのシートを登ってくるように見せた。熊は首をかしげてネイトの顔をのぞきこんだ。ネイトの額に手をあてて熱を確かめた。それからポリーをふり返ってうなずいた。ポリーは自分がネイトに見られているのに気づいた。ひっぱたかれるのではないかという顔でネイトを見た。

「本物じゃないのはわかってるよ。わかってるのは知ってるでしょ？」

「いま知ったよ」

そう言って、ネイトは熊に拳を突き出した。熊も手を伸ばしてネイトと拳を打ち合わせた。ポリーから笑顔を引き出せたかもしれないと思ったが、そうでもなかった。ネイトはシートに沈みこんだ。ウィスキーが効いてきた。これ以上飲んだらモーテルにたどりつくのに苦労しそうだ。眠りが必要だった。何もしない時間が、許されるかぎりたくさん必要だった。

「もうだいじょうぶだと思う。帰ろうか」ネイトは言った。

「あのモーテルに？」ポリーの顔は梟の鳴き声を聞いた兎を思わせた。

「もうひと晩だけだ。そしたら移動する」

「わかった」とポリーは言った。その言いかたが気になって、ネイトはポリーを見た。だが、ポリーの顔は窓に押しつけられていて、ネイトが気になったものの正体はわからなかった。

13

ポリー
フォンタナ／マウント・ヴァーノン

車はスピードウェイの横を通りすぎた。モーテルまであと数分だった。ポリーはできることなら時間をさかのぼって、助けを求める電話をかける自分を止めたかった。窓に顔を押しつけた。その冷たさで、顔が火照っているのがわかった。

「あしたは寝坊しよう」と父親が言った。「ゆっくり起きて、ロサンジェルスへ行こう」

父親はポリーの頭に手を載せ、ごつい指を押しつけた。喉の奥に酸っぱい波がこみあげてきた。

「停めて」とポリーは言った。「停めて、停めて、車を停めて、お願い」

「モーテルまであと二分だ。我慢しろよ」

胃の中で鯨たちが転げまわるのがわかった。

「停めて、停めて、停めて！」

「ポリー――」

腹の底から音が聞こえた。げっぷとうめきがひとつに混じり合った音が。ポリーは窓をおろした。胃の中のものを夜の闇にぶちまけて、車の横腹をナチョ・チーズのオレンジ色に汚した。それからぐったりとシートにもたれた。顔が涙と洟水とゲロでひんやりした。

「モーテルに帰らないで」と泣きながら言った。「帰っちゃだめ。お願いだから帰らないで。お願い。お願いだからわけを訊かないで」

父親は横丁に車を乗りいれて、道の暗がりに停めた。ヘッドライトを消した。ポリーはシャツで顔をぬぐった。苦労して息を継いだ。

「ポリー、よく聞くんだ」と父親は言った。「おれが知っておかなきゃならないことがあるなら、話してくれないとだめだ」

告白も夕食と同じスピードで口から吐き出されてきた。

「警察に電話したの。父さんが出かけてるあいだに。お巡りさんが出て、助けてくれるって言うから、どうしていいかわかんなくて。ごめんなさい。もう置いていかないで。ひとりぼっちになりたくない。怖かったの。お願い、ごめんなさい」

父親は両手で顔をぬぐった。両の手のひらを眼に押しつけ、手をそのままにしてしゃべった。

「おれもどうしていいかわからないよ。なにせ一週間前には、寝る時間も、食べる時間も、小便をする時間も決められてたってのに。今はこうして眼の前に、全世界が地図もないまま広がってて、その中でおれを殺そうとしてないように思えるのは、おまえとその熊公だけなんだからな」

父親は眼をおおっていた手を離してポリーを見た。ポリーはその視線を受けとめたものの、心臓がどきどきして、鼓動が歯の根元まで伝わってきた。

「おまえに選ぶ機会をあたえてなかったな。おまえはまだ子供だが、子供だって好きなほうを選ぶべきだ。だからこうしよう。おまえさえよけりゃ、あのモーテルから一ブロックのところでおろしてやる。お巡りを見つけて、保護してくださいと言え。ひょっとしたら、警察だっておまえを守れるかもしれない」

ポリーは答えようとした。父親は手でそれを制した。

「もうひとつの選択肢は、おれと一緒に来ることだ。そりゃ、怖いこともあるだろう。危険なことだって。だけどおれと一緒なら……ま、おれと一緒に来るなら、とにかくおれはできるかぎりのことをする。それに、お巡りのところへ行ったって、安全じゃないかもしれない。おれたちを殺したがってるやつらがいてな。そい父親は車のギアを入れて、Uターンをした。車は西へ向かった。

いつらは絶対に諦めないはずだ。ひょっとしたらグループホームでだって、孤児院でだって、それどころか路上でだって、おまえを襲うかもしれない。

おれが決めていいなら、おれはおまえを連れていく。しばらくここを離れる。ロサンジェルスへ行く。それから、なんとかしておまえとおれが安全になるようにする。だけどおれは決めたくないんだ。おまえが来るか来ないかは、おまえが自分で決めてほしい。だから選んでくれ」

全身の皮膚が隅々までいっせいに緊張した。ポリーは〝行く〟というようにうなずいた。うなずいてから、それでは充分でない気がした。こういうことは口に出して言わなくてはいけないからだ。だからそうした。

「一緒にいたい」

父親はポリーから顔をそむけた。口をひらいたときには、その声は低くてぶっきらぼうになっていた。

「よし、じゃあいい」

14

パク

マウント・ヴァーノン／アンテロープ・ヴァレー

パクはカーラの家へ、警官スピードで車をすっ飛ばした。次々にすれちがうヘッドライトが、奇妙な形を眼の中に浮かびあがらせた。そのなかに少女の姿が見えた。パクに電話をかけてきた少女。パクが期待に応えられなかった少女。

パクはその子をのがしてしまった。二度とのがすつもりはなかった。

猛スピードでそのアパートに着いた。ブレーキを踏み、タイヤが鳴った。消防区画に車を放置した。〝文句あるか、警察だ〟スタイル。カーラの部屋まで階段を駆けあがった。ドアをドンドンドン。文句あるか、警察だ。

カーラの眼には目糞と恐怖がくっついていた。

「刑事さん――」

「中へ入れてくれ」パクは言った。警官というのは吸血鬼と変わらない。そうやって招じ入れてもらう必要がある。カーラは脇へよけ、パクは中にはいった。室内はカオスだった。もはや何もかもがカオスだった。

「あんた、チーノウに弟がいるな」パクは言った。

「弟がこれとなんの関係があるの？」

「なんにもない。ただしおれは、その弟をつらい目に遭わせられる。そうするとあんたもつらい目に遭うってわけだ」

「それって血？」カーラは訊いた。パクは自分のシャツを見おろした。血が飛び散っていた。モーテルで客の男の鼻をぶん殴ったときについたのだ。ネイト・マクラスキーだと勘ちがいして。

「ああ」とパクは答えた。カーラが恐怖でぎくりとしたのがわかった。それがパクを刺激した。あの興奮が脳内で〝追え〟とささやいた。テーブルにあったビール瓶をつかんだ。少女のことを考えた。その声がどれほどおびえていたかを。瓶を壁に投げつけた。カーラが悲鳴をあげたとき、気が咎めたのはパクの心のほんの一部だけだった。

モーテルに張り込んで三時間後、警察は藪の中で逃げようとしている男をつかまえた。部屋の裏窓から這い出してきた白人の男がいる。ある班からそう無線連絡がはいると、パクは自分の隠れ場所から飛び出していった。肘からその男に体当たりすると、セロリが折れるようなぽきっという音がした。男をうつぶせにしたときにはもう、その軟らかい体からして、そいつがネイトではないことはわかっていた。五十ドルの娼婦を部屋に呼んだどこかのぼんくらが、どこかの班を見かけて手入れだと勘ちがいし、裏窓から逃げ出したにすぎなかった。

これは見込みなしだ。パクはまもなくそう悟り、張り込みを中止させた。支配人をつかまえて、ネイトの部屋にはいった。荷物があった。ファーストフードの袋が屑籠に捨ててあった。ふたりが戻ってきた場合に備えて、私服を残していった。だが、戻ってこないのはわかっていた。

そこで帰宅するべきだった。帰宅して眠るべきだった。だが、帰宅しなかった。あのガソリンスタンドの女は何かを知っていた。パクは無線で住所を調べさせ、爪をかじりつつカーラのアパートへ車を走らせた。

「あんたの弟だがな」と彼はアパートをざっと見まわしてから言った。「チーノウの〈アーリアン・スティール〉の準構成員だ」

「弟となんの関係があるの？」

「おれに借りのあるやつがいる」とパクは言った。「ジョーカーという男だ。そいつはチーノウの〈ラ・エメ〉のアタマだ。白人は自分が多数派でいるのに慣れてるから、あんたは知らないかもしれないが、カリフォルニアのホワイトボーイは、数の上じゃ六対一でメキシコ系に負けてる。〈アーリアン・スティール〉は〈ラ・エメ〉の下に甘んじてる。だからおれがジョーカーに貸しを返してくれと頼めば、あんたの弟は、あした〈ラ・エメ〉の連中とつきあうことになる。それはさぞ楽しくないだろうな」

カーラはうめいた。

「ネイト・マクラスキー。あんたはそいつと会ったな。そいつの娘と会ったな」

カーラは〝ええ〟というようにうなずいた。言葉が出ないほどおびえていた。

「フォンタナに住んでたことはあるか、カーラ?」

彼女はうなずいた。〝ある〟

「ネイトとはそのころからの知り合いか?」

〝ええ〟

「ネイトはあんたに会いにあそこへ来たんだよな?」

〝ええ〟

「やつはムショ仲間のひとりと一緒にあそこへ来た」

〝いいえ〟

「やつが揉めた相手、そいつは一緒に来なかったのか?」

〝ええ〟何かが眼の奥に現われた。カーラが口をつぐんで胸の内に押さえこもうとしているもの。引っかいたり噛みついたりして、外へ出たがっているものが。

「しゃべっちまえよ」とパクが言うと、カーラはついに口をひらいた。

「あたしがネイトを売ったの。そうしないと弟を痛めつけると言われて」

「誰に?」

「〈スティール〉。エイヴィスと亭主を殺したのはあいパクはその言葉を信じた。

それで何もかもひっくりかえった。


つらだよ」

パクはとげとげしく笑い、カーラをびっくりさせ、自分でもびっくりした。

「ネイト・マクラスキーがエイヴィス・ハフとトム・ハフを殺したんだ」

カーラは首を振った。〝ちがう〟

「男がムショから出てきて、娘を誘拐して、あげくのはてに女房が死んでたってのに、あんたはそいつが女房を殺したんじゃないと、おれにそう思わせたいのか？」

カーラはうなずいた。〝そのとおり〟

「自分の言葉で言えよ、カーラ」

「ネイトがポリーを連れてったのは、エイヴィスがもう殺されてるのを知ってたから。次はポリーだと知ってたから。ネイトはね、あの子の命を救ったんだよ、このぼんくら刑事」

嘘だろ、ちきしょうめ。

15

ポリー
ポモーナ

血よりは明るく、ピンクよりは暗い。ポリーはその色を自分で選んだ。父親は地味な色を選んでほしがった。茶色っぽい色を。でも、ポリーは譲らなかった。赤がよかった。しばらくして父親はうなずいた。「それならまあ、充分別人には見えるだろうな」

〝別人に見える〟それこそポリーの望んでいることだった。

新しいホテルの浴室のカウンターに、ポリーは毛染めの瓶を置いた。瓶の横から鋏を取りあげた。くすんだブロンドの髪を、左手でひとつかみつかんだ。それを鋏でちょきんと切り落とした。その音は耳だけでなく、頭蓋を通しても聞こえてきた。切り取った髪の毛を屑籠に捨てた。それから次の髪をつかみ、手を止めた。眼が涙で曇ってきた。こらえようとはしなかった。こんどの涙は悲しみの涙ではなかった。なんなのかは自分でもわからなかった。やがて涙は止まった。ポリーはまた切りはじめた。切りおえると、髪を流してすすいだ。冷たい水が頭皮に染みて、ポリーが生きていることを教えてくれた。

ワセリンを少し取り、生えぎわに薄く塗っていった。毛染めについてきた薄いビニールの手袋をはめた。赤い染料を手のひらにあけて、髪にすりこんだ。鏡で自分を見たかったが、我慢した。秒数を数えながら染料を染みこませた。それからシャワーを出した。水が湯になると、その下に頭を突っこんだ。流れ落ちる湯が赤くなり、ピンクになり、やがて透明になった。

頭をタオルで包んで、ごしごしとこすった。髪だけでなく、顔もこすった。ちくちくするタオルを眼窩に押しつけていると、まぶたの裏の暗闇に色彩の銀河が生まれては死んでいくのが見えた。

タオルを床に落とした。鏡のほうを向いた。髪は頭の片側にいく筋もの房になって垂れていた。西瓜の果肉の色をしていた。眼の色とぶつかりあい、それを引き立てていた。顔が変わったように見えた。これまでなかったものがそこにあった。というか、これまであったものがなくなったのかもしれない。なんだか眼が大きくなったような、深くなったような、別のものに、それだけではないものになったような気がした。ポリーは長いことその眼を見つめていた。

拳銃使いの眼だった。たしかに。

第二部

子連れ……

——ロサンジェルス

16

ネイト
ロサンジェルス

銃を手にマスクをかぶって酒屋にはいっていくと、世界は真の姿をさらけ出す。時間が本当にアインシュタインの言ったとおりになる。延びたり縮んだりする。

入口をはいってから、店員が最初に〝うわ、やばい、やばい、やばい〟と思うまでのあいだに、ネイトはポリーが生まれた晩のことを思い出した。エイヴィスから電話がかかってきたのだ。不安をにじませた声で。陣痛が起こってるの。もうすぐ生まれる。来てくれる？　病院で落ち合ってくれる？

ネイトは行くと言った。電話を切った。運転席にいるニックのほうを見た。ニックは拳銃を手にし、スキーマスクを膝に置いていた。あの悪魔の笑みを浮かべて。

「だいじょうぶか？」とニックは訊いた。そこでネイトは黙ってうなずき、自分のマスクをかぶったのだ。

その記憶がそっくりよみがえったのは、入口からカウンターまで歩くわずかな時間だった。店員に拳銃を向けると、店員はあとずさりして、後ろの高級酒の棚にぶつかった。ネイトはスキーマスクをかぶったままスローモーションでわめいた。店員は体を動かした。無音警報装置を作動させたのだろう。まあどうでもいい。これはすぐに終わる。

店員はレジスターをあけ、カウンターの上で抽斗を逆さにした。小銭がポテトチップスのラックにこぼれ落ちた。店員はどこの言語かわからないものをべらべらとしゃべった。それは親密な瞬間だった。強盗と被害者のあいだのこの瞬間は。頭に銃を突きつけられると、人は裸になる。

ネイトは店員の頭に銃を突きつけて言った。「金庫」

店員は勃起薬のディスプレイを脇に押しやった。金庫が現われた。組み合わせ錠のキーを押した。まちがえた。やりなおし。またまちがえた。もう一度まちがえたら、この金庫は二十四時間あかなくなる。ネイトは銃をおろした。

「深呼吸を三回しろ」

店員は〝何を言ってるんだ、こいつは〟という眼でネイトを見た。

「深呼吸を三回してからもう一度やってみろと言ったんだ」

店員は言われたとおりにした。鼻から吸って口から吐くを三回。それから暗証番号を打ちこんだ。

かちゃり。

金庫の扉がすっとひらいた。ネイトは中をのぞいた。札束をざっと見積もり、二千はあると踏んだ。上々の首尾だ。

いや、まだわからないぞ。終わるまでは。

店員は現金を袋に入れた。ネイトはそれを受け取り、出口へ向かった。夜の空気の中へ出るのと同時に、時間がもとに戻った。熱気と醜さにまみれた都市にネイトは帰還した。どんなドラッグもそうだが、拳銃強盗の快感にも大きな欠点がひとつある。永遠には続かないのだ。

車に乗りこみ、シフトレバーをバックに入れながら、助手席にいるポリーのほうを向いた。ポリーの眼は生気できらめいていた。

「こうやってやるわけさ」とネイトは言った。ポリーはうなずいて、にっこりした。その笑みがネイトをぞっとさせた。

17

ポリー
ノース・ハリウッド

ロサンジェルスを見おろす丘に立つと、世界が逆さまになる。頭上では夜空が黒く汚れ、眼下では街の光が、器にあふれる星々のように無数にきらめく。逆さまの世界に自分たちが来たのは、ポリーには当然のように思えた。自分もすっかり逆さまになった気がした。

ポリーは自分がグリーンモンスターと名づけた車（ふたりがロサンジェルスにやってきて、マジックの車を捨てたときに買った車）のボンネットに座り、眼下の星々を見おろしながらチリバーガーを食べた。それはポリーがこれまでに食べたいちばんおいしいチリバーガーだった。いや、いちばんおいしい食べ物だったかもしれない。おいしすぎて、まぬけなコマーシャルの出演者みたいに、大きくひとかじりして〝うーん〟とうなってしまった。

父親はにやりとすると、また膝の上の現金を数えはじめた。

「うまいだろ？　ニック伯父さんが昔こう言ってた。盗みはこの世でいちばんうまいソースだ。なぜかというと、自分が普段より生き生きしてるからだ」

ふたりは酒屋を襲ってきたところだった。それはポリーにしてみれば、逆さまの世界でしか考えられないことだった。盗みをすれば気が咎めるはずだと思っていたのに、そうはならなかった。自分は盗みが好きなのだとわかった。ロサンジェルスに来て以来、自分がこの少女に、西瓜色の髪と拳銃使いの眼をした少女に、初めてふさわしくなった気がした。

ポリーはチリを熊にちょっぴり食べさせるまねをした。熊はおならをしたお尻を手で扇ぎ、声を立てずにくふふと笑った。父親も自分のチリバーガーをかじりながら笑った。ふたりは一緒に笑った。それはまるで、長らく聞かなかった歌を聞いているみたいだった。

ロサンジェルスまでの八十キロのドライブのあいだに、父親は何もかも説明してくれた。青い稲妻の刺青をした悪いやつらが、〈アーリアン・スティール〉と呼ばれていること。その悪いやつらがポリーと父親を殺したがっていること。母親とトムを殺したこと。

「おれの得意なことはひとつしかない」のろのろ運転でロサンジェルスという巨獣の腹の中へはいっていきながら、父親は言った。「強盗だ。一方、〈アーリアン・スティール〉のほうは、いろんな商売をやってる。たくさんの現金を抱えてる。だからおれは、そいつをひたすら奪って奪って奪いつづけて、やつらを降参させようと思うんだ」

「もっと怒らせちゃうだけじゃない？」

「たしかに初めはな。だけどあいつらは、大本のところじゃ商売人だ。たっぷり損をさせてやれば、しまいにはどんな譲歩をしてもおれを止めるはずだ」

「あたしたちを、だよ」とポリーは道端のコヨーテの死骸を見おろしながら言った。ハイウェイを一日じゅう車で走っていれば、死んだものをたくさん見かける。

「え？」

「あたしたちで奪うの。あたしも手伝う。そういう約束だったじゃん」

ふたりは数日前にアパートを見つけていた。タイ人のおばあさんは、現金で家賃をもらえればそれで満足で、何も訊かなかった。家具つきで、寝室がふたつあったが、寝室はふたりともほとんど使わなかった。居間のカウチで、ひと晩じゅうテレビをつけっぱなしにして寝た。父親は寝るときには音がしているほうが好きだった。やってみるとポリーもそうだった。

父親は朝起きると運動をした。ポリーと熊はそれを見ていた。そのあと父親は〈アーリアン・スティール〉について知っていることを話した。それは授業になった。ポリーは学校のことを考えた。空っぽの自分の席のこと、寂しがってくれている子がいるかどうか。たぶんいないだろう。でも、それはかまわなかった。ポリーも寂しくはなかった。ポリーにはもう自分だけの学校があった。父親は紙に略図を描いた。それぞれのギャング組織がどう機能しているか、どうつながりあっているか。字を書くのはポリーより下手くそだった。ポリーは書くのを交代した。父親は〈アーリアン・スティール〉のことを話した。

「ムショの中にいるやつらが、外のことを取りしきってるんだ」

「どうして？」

「外のやつらはムショにはいってくるからな。どいつもこいつも、一度や二度はかならず。だから遅かれ早かれ、中のやつらはそいつらをつかまえるんだ」

父親はギャングのことを細かく説明してくれた。若頭と手下たちのことを。ポリーにクレイジー・クレイグの名をピラミッドの頂点に書かせた。その男が頭だった。その下にふたりの若頭。クレイジー・クレイグと同じ終身刑囚で、ひとりはムーニー、もうひとりは暴君（デスポット）と呼ばれる男。そいつらの刺青のこと、それが経歴をすべて物語っていること。〈ナチ・ドープ・ボーイズ〉とか〈ペッカーウッド・ネイション〉とかいう名前のギャング組織があること。そいつらが〈アーリアン・スティール〉に上納金を払っていること。すべては金だということ。ポリーは全部憶えた。

「そういうやつらがロサンジェルスにはたくさんいる。おれたちはそいつらを見つけるんだ」

「何を捜せばいいの?」

「ワルのホワイトボーイだ」と父親は言った。「〈スティール〉と一緒に商売をやってるような。まずは取っかかりが必要だ。ワルのホワイトボーイどもがたむろする場所を見つければ、糸口が見つかるだろう」

「そうしたら?」

「そいつらと戦うんだ」


酒屋を襲った翌朝、ポリーが眼を覚ますと父親が脇に立っていた。

「起きろ」口調がいつもとちがって厳しかった。

「なあに?」

「起きろ」と父親は言った。ポリーは起きた。

「腕立て伏せを何回できるかやってみせろ」

「あんまりできないよ」

「だからやるんだ。できるようになるために」

二回やっただけで腕が熱くなってきた。息がささくれて、喉を引っかいた。父親は腰をおろした。ポリーを見ていた。六回目で腕が燃え、ひんやりした床に顔をつけた。

「もう一回」父親は言った。

ポリーは震える腕で体を押しあげた。うめき声を漏らした。やった。あおむけに寝ころがって父親を見た。

「強くなるには、弱さを感じなきゃならない」父親は言った。

「はあ？」

「ニック伯父さんはよくそう言ってた。筋肉を強くしたけりゃ、へろへろになるまで使わなきゃならないってことさ。人生におけるたいていのことはそれと同じだ。一日じゅう強さを感じてたら、たぶんそれ以上強くはなれない」

ポリーはうなずいた。

「ようし。じゃ、本物の勉強を始めるぞ。覚悟はいいか？」

正直に言うと、ポリーはよくなかった。逃げ出して隠れたかった。たとえそれで強くなれるとしても、弱さを感じるのはいやだった。でも、西瓜色の髪をした女の子は、隠れるわけにいかなかった。

「いいよ」とポリーは答えた。

父親は家具をまわりにどかして、充分に動きまわれるようにした。そして床にしゃがんだ。

「最初は絞め技からだ。絞め技には二種類ある。窒息させる技と、失神させる技だ。絞め技の二種類を言ってみろ」

「窒息させる技と、失神させる技」

「窒息という言葉は知ってるよな？　息ができなくなるってことだ。窒息技だって問題はない。ちゃんと使える。だけど、試しに息をできるだけ長く止めてみろ」

ポリーは息を吸いこむと、鼻をつまんで、頬をぷっとふくらませた。父親も同じことをした。ポリーは風船になったみたいな気がした。お尻が一本の紐だけで床につながっていて、それが切れたらふわふわ飛んでいきそうだった。父親が眼を飛び出させて、今にも死にそうな顔をしたので、ポリーはぷはっと息を吐いて笑ってしまった。

「ずるいよ」と言った。くらくらして、甘いものを食べたときみたいな興奮を覚えた。

「けっこうがんばったな」と父親は言った。「そこが窒息技の難点なんだ。空気の遮断、窒息、それは効くまでに時間がかかる。じゃ、こんどはもう一種類の、失神させるほうだ」

父親はポリーに反対を向かせて、ポリーの背中に胸をくっつけた。ポリーは息を吸いこんだ。父親の体臭を嗅ぐと、自分が無敵になった気がした。

父親は左腕をポリーの顎の下にまわして、肘の内側で喉の真ん中をかばうようにした。二の腕をポリーの首の左側に、前腕を右側に押しあてた。

「左手で、つまり絞めるほうの腕で、右の二の腕をつかむんだ。梃子にするために。今からおまえを絞めるぞ。失神しそうになったら、おれの腕をたたけ。失神しそうになったら、どうするんだ？」

「父さんの腕をたたく」ポリーは答えた。

「よし。絞め技をかけるときは、全身で絞めるんだ。こんなふうに」

首のまわりの腕がゆっくりと締まり、それと同時に背中に胸が押しつけられた。けれど痛みも、痛みに似たものもなかった。ただ世界が小さく、遠くなってきただけだった。そして世界がすっかり消えそうになったとき、やっとポリーは何が起きているのかを悟り、父親の腕をたたいた。首にかかっていた圧力がなくなると、世界が戻ってきた。

「だいじょうぶか？」

ポリーはうなずいた。というか、うなずいたつもりだった。自分の体が他人になった感じがした。

「もっと早くたたけ。眠りこまなくたって、効くかどうかはわかる。効いたか？」

ポリーは〝うん〟というようにうなずいた。無がこれほど身近にあるというのがひどく不思議だったし、これまでまったく知らなかった。ほかにどんなことを自分は知らないんだろう。そう思うと、甘いものを食べたときみたいな興奮がいっそう高まった。

「絞め技から始めるのは、おまえが小さいからだ」と父親は言った。「絞め技なら、小さくて力がなくてもできる。ほら、首の横の、脳に血を送ってる二本の細い動脈を締めつけるだけでいいんだ。それを締めつけるぐらいの力は、おまえみたいな女の子にだってあるからな」

父親はポリーに背中を向けた。

「じゃ、こんどはおまえがやってみろ」

ポリーは父親の後ろへ行って、膝立ちになった。父親は体を後ろに反らして、ポリーが首に腕をまわせるようにした。

「顎の後ろから始めるんだ」と教えた。「耳の下から。首にぐるりと腕をまわせ。おまえの腕のほうがうまくフィットする」

ポリーは父親の下顎に沿って左手を伸ばし、顎の下を通過させて、喉仏が肘の内側にはいるようにした。それから顔を父親の後頭部に押しつけた。父親はしばらく頭を剃っていなかったので、伸びた毛が頬に柔らかくあたった。男の子の石鹼と汗のにおいがした。

「そしたら、その手で反対の二の腕をつかめ」父親が言い、ポリーは言われたとおりにした。

「反対の手、首にまわしてないほうの手、それをおれの頭の後ろにまわして、手の甲を頭に押しあてろ。それからこんどは、片腕で首の両側を圧迫して、反対の腕で首の後ろを押すんだ。全方向から締めつけるわけだ。蛇みたいに」

「わかった」

「じゃ、やってみろ」

父親は〝ようし〟というようにうなずいた。

ポリーは締めつけた。

「体も使え」と父親は言った。声が細くなっていた。

ポリーは胸を父親の背中に押しつけ、全身をひとつのものとして感じた。蛇みたいに。そう意識しながら締めつけると、父親がぽんぽんとすばやく二度、ポリーの腕をたたいた。ポリーは手を離した。父親は前かがみになり、ごほごほと咳をした。ポリーのほうに向きなおると、眼が潤んでいた。

「できたな」父親は言った。

「できた？　ほんとに？」

「ほんとだ」

ポリーは奇妙なものを感じた。筋肉がぞくぞくし、心もぞくぞくした。自分が感じているものがなんなのか、しばらくしてやっと言葉が見つかった。それはポリーが長いこと自分に対して使うことのなかった言葉。

〝力〟という言葉だった。

「もっと教えて」とポリーは言った。

18

ポリー
ハンティントン・ビーチ

トレーニングと獲物探しを二週間つづけると、ふたりはとうとう海にぶつかった。そして獲物に。どこまでも続くだだっ広い街の中にいると思っていたら（ポリーはすでに、街が果てしなく続いているように思えるほど長いことロサンジェルスにいた）、いきなり道がT字路にぶつかり、そのむこうに青黒い大海原が果てしなく広がっていたのだ。こんな大きなものがなんの前触れもなく現われるとは、思ってもいなかった。

ふたりは海の轟きのほうへ歩いていった。砂浜にはいると靴を脱いだ。果物売りの屋台に立ちよって、フルーツボウルを買った。メロンとパパイヤとマンゴー。その上に女の人がライムをしぼり、塩と唐辛子をかけてくれた。

「グラシアス」とポリーは言い、熊は女の人に投げキスをした。女の人は笑った。

上空を鷗たちがのんびりと旋回していた。水着姿の女の人たちの一団が通りすぎていった。父親はその人たちを見送った。

「昔の水着はあんなふうじゃなかったぞ」と言った。誰に言っているのかわからなかったが、ポリーにではないのは確かだった。ポリーは熊の鼻面にマンゴーをひと切れ押しつけた。熊は〝とうがらしー〟というように鼻面を手で扇いだ。

ポリーは顔を上げて歩いた。ロサンジェルスに来たばかりのころは、見つかるのではないかと不安だった。自分たちがまだ警察に捜されているのは知っていた。

ところがある日、自分の顔が広告板に貼られているのを見た。ニュースで見たときとは別人に見えた。他人の顔がこちらを見ているようなものだった。その下に立っていても不安はなかった。通りすぎる人たちは誰もそれがポリーだと気づかなかった。ポリーは父親のちりちり頭と、顎鬚と、サングラスを見あげた。そのとき、もう気づかれる心配はないのだと悟った。

ふたりは濡れた砂地にたどりついた。水が足指のあいだから砂を舐めとるところまで、ぶらぶらと歩いていった。海水が泡立ちながら濡れた砂の上を滑ってきて、ポリーの片足を包みこんだ。思った以上に冷たかった。水は砂をさらいながら引いていった。その感覚がポリーは気にいった。すがすがしい空気と、冷たい水と、ざらざらした砂が。

父親を見あげると、父親はまた砂浜の先を見つめていた。どうせまた女の人だろう。ポリーはそう思ったが、そちらを見てみると、缶ビールを飲んでいる男女の一団だった。男たちはカットオフのジーンズ、女たちはぴちぴちのTシャツを着ている。男たちは刺青を入れていた。たいていは父親の体じゅうにあるのと同じような、ダークブルーの、殴り書きみたいなものだ。若々しい体と、鋭い眼つき。

〝あの人たち？〟というようにポリーは父親を見た。

「ああ」と父親は答えた。

ふたりはパーティがお開きになるのを待った。ポリーは横眼でその一団を見ていた。まるでスパイのまねをしているように思えた。でなければニンジャか。

父親はポリーほどこそこそしていなかった。何度もそちらを見ていた。とくにそのなかのひとりを。女だった。髪は男の子みたいに短く、前髪だけを長くして額に垂らしている。顔のわりに大きな、緑色の眼をしていた。水着は着ておらず、カットオフのジーンズと、おっぱいが引き立つようなぴちぴちのTシャツを着ている。その一団と一緒にいたものの、実際には一緒にいなかった。円のすぐ外にいて、仲間から体を少しそむけて座っていた。ポリーはそういうことに敏感だった。だから父親はその女を見ているのだろうか。それともたんに、あのおっぱいのせいだろうか。そう思うと、なんだかいやな気持ちになった。ポリーは言葉を探した。胸騒ぎ。そう、胸騒ぎだ。

ビーチを警備する警官たちが通りすぎた。空気が変わった。一団は静かになった。横で父親が身を固くしたのがわかった。シャツの両袖を引っぱって、彫りものをしっかりと隠した。頭と顔に伸びた数週間分の髪と鬚をなでた。

「あたしたち、なんにもしてないじゃん」ポリーは言った。

「おれが怖れてるのはひとつだけ、またぶちこまれることだ。外にいれば戦える。おまえを守れる。中に入れられたらおしまいだ」

「あたしたちだなんてわかんないよ」

「一度でいいんだぞ。それで何もかもぱあだ」

ふたりが見張っている連中も、同じように感じたらしい。警官たちが通りすぎても、白けたままだった。三々五々、砂浜を駐車場のほうへ歩きだした。

「誰を尾ける？」とポリーは訊いた。

「あの女だ」と父親は黒っぽい髪の女を指さした。父親がきっと選ぶだろうな、とポリーが思っていた女だ。

「どうして？　強そうな男は要らないの？」ポリーは言った。

「おれたちは狩りをしてるんだぞ。狩りをするときに群れを見つけたら、ひとりぼっちのやつを探すんだ。弱いやつ、仲間から切り離せるやつを。あの女はひとりだ。だからあいつを尾ける」

それは理にかなっていた。結局のところ、ポリーもその女が仲間はずれだと気づいていたのだから。その女を選ぶのは、父親の言うとおりなら、科学的でさえあった。ならばどうして嘘っぽく聞こえるんだろう？

19

ネイト
ノース・ハリウッド

次の朝はパンチの受けかたをポリーに教えた。

「今日はちょっとつらいぞ」ウォーミングアップでうっすらと汗を掻いたポリーが向かいに座ると、ネイトはそう言った。だが、ポリーと同じくらい自分にも言い聞かせていた。落ちついて普通にしゃべろうとした。自分がパンチを受ける側だった日のことを思い出した。

「今日はあの女(ひと)を見張るの？」ポリーは訊いた。ふたりはゆうべその女を――ネイトの心のど真ん中を撃ち抜いたあの緑の眼をした女を――海から自宅まで尾行していた。

「じきにな」とネイトは言った。ポリーの両手に布を巻きおえた。ポリーのサイズに合うボクシング・グローブが見つからなかったのだ。ポリーは当てものをした拳を打ち合わせた。再会してからの数週間でポリーはずいぶん変わった。動作をいちいち考えなくても、体が自然に動くようになってきたように見える。だが、それはまだ出発点だ。充分ではない。

「かまえてみろ」とネイトは言った。ポリーは拳をあげた。ポリーの内部にはまだひ弱な少女が残っていた。それをたたき出してやらなければ、この子は生き延びられないはずだ。

ネイトは肩を直してやり、肘を引っこめさせた。

「ボクシングでいちばんつらいのは、殴られるのを学ぶことだ」

「殴られない方法ってこと？」

「殴られるんだ。人生はテレビゲームや学校のテストとはちがう。完璧にはいかない」ニックに言われたのとそっくり同じ言葉だった。「かならず殴られる。殴られると、体はそれを自分が殺されるんだと解釈する。ひょっとしたら、ほんとにそうなることだってありうる。だから脳が大量の化学物質を体内に放出するんだ。ロケット燃料みたいに」

「戦う（ファイト）か逃げる（フライト）かってやつだね」ポリーは言った。十一歳のときのネイトより賢かった。ニックにこれをやられた十四のときのネイトより。今のおれより賢いかもしれない。ネイトはそう思うことさえあった。

「ああ、それだ。殴りかえすか逃げるかだ、と体は言う。ただし、おれたちはもう原始人じゃない。世間はおまえに、殴りかえすなと教えたがる。それどころか、逃げ出すなとさえ。ばかみたいに突っ立ってパンチを食らえと望むんだ。だから脳がこのロケット燃料を体内に放出しても、おまえは何もしないし、燃料は結局その場でおまえを燃やすだけだ。言ってることはわかるか？」

ネイトは自分に耳を傾けた。自分の口調に。心の内で感じている迷いは聞こえなかった。ポリーにも聞こえないことを願った。この手のことには危険がともなう。最初に誤解してしまうと、いつまでも修正できない恐れがある。内面のどこかを壊してしまう恐れが。

「だから殴り合いになると、人はふたとおりの反応をする。そのいかれたブースト、そのロケット燃料。そいつが放出されると、人は暴れまくるか、でなければ棒立ちになるんだ。それはどっちもまずい。おまえはそのロケットを乗りこなす方法を学ぶ必要がある」

ネイトは自分のボクシング・グローブをはめた。熊のほうを見た。熊はトレーニングをするふたりを見られる位置に置かれていた。ネイトは〝どうだ？〟というように熊に顎をあげてみせた。こういうばかなまねを頻繁にするようになっていた。ポリーといると、その熊公が生きてなどいないことをつい忘れてしまう。

ネイトはポリーの眼の高さにできるだけ近くなるように背中を丸めた。そして両拳をあげた。ポリーも同じことをした。ネイトのまねをした。

すまん。ほんとにすまん。

それは口にしなかった。顔に表わしてもいけなかった。平然とした顔をしている必要があった。そうすればポリーはこれをかまわないと思ってくれる。

軽いジャブを繰り出した。それがポリーの顔にちょっと触れた。ポリーの中に地震が起きたのがわかった。ネイトもそれを感じた。ポリーが息を詰めたのが見えた。

「痛かったか？」ネイトは訊いた。

「ううん」

「じゃ、そんな反応はするな。拳をあげろ」

ネイトは拳をかまえた。ポリーもかまえた。またすばやくジャブを繰り出した。こんどはもう少し強く。拳があたった。ポリーが眼を見ひらいた。

「体の中に感じるその火照り、そいつがロケット燃料の放出だ」ネイトは体を斜にし、また小さくジャブを放った。ポリーはそれをひっぱたいた。がむしゃらに。

「それがアドレナリンだ。脳の奥からの贈り物だ」ジャブをすばやく二度繰り出した。高めにフェイントをかけてから、低いジャブを。二度目のジャブで腹をぽんとたたいた。眼に浮かぶ獣じみたパニック。やめろと言う声をネイトは押しのけた。兄の幽霊の声に耳を傾けた。

おまえがこの子にパンチの受けかたを教えなけりゃ、世間が教えることになる。

「アドレナリンは悪くない。それに消耗させられるな」

ネイトはポリーの鼻をぽんと突いた。ポリーはその拳をはたきのけた。まだがむしゃらだが、前よりはいい。

「いじめっ子に襲われて、痛めつけられたら、怖いのはその痛みじゃない。自分がそいつにしてやりたくなること、できること、それが怖いんだ」

左をポリーの耳に放つと、思った以上に強くなってしまった。ポリーの呼吸がミシンのように速くなった。

「頭にきたら怒れ」とネイトは言った。

ジャブを放った。ポリーがよけたので、それは頬をかすめただけだった。

「そうだ」とネイトは言った。「そいつから自由になれ。おまえを戦わせまいとしてるものから。その檻を乗りこえろ」

ワンツーを繰り出し、二発とも前腕で受けさせた。ポリーの限界点が近づいているのがわかった。それを超えるほど追いつめたくはなかった。そこまでやったら、これまでのレッスンがふいになる。

「世間はおまえがおとなしく何もしないで、自分たちのあたえるものを受け取ってくれることを望んでる」

ジャブをぽんぽんとあててポリーを刺激し、自分を鼓舞した。

「世間はおまえが自分を怖がることを望んでる。だからおまえはパンチを誘わなきゃならない。食らわなきゃならない。覚悟してなきゃならない。かっとしちゃだめだ。凍りついてもだめだ。パンチを受けるんだ。そして殴りかえすんだ」

ポリーの片眼をぽんぽんと打った。怒りが花ひらくのがわかった。軽いフックを腹に放った。もう一方の手は下げたままにしていた。顔をプレゼントしてやった。

ポリーは腕を振った。左の拳がネイトの眼窩にはいり、口の中で歯がかちんと鳴った。ネイトは尻もちをついて、次のパンチを受けとめた。そこでポリーがわれに返ったのがわかった。

「ごめんなさい」とポリーは言った。眼を大きく見ひらいて。

「いや。今のでいいんだ。だけど、怒りにさらわれちゃだめだぞ」

ポリーは立ったままふらついた。

「深呼吸だ」とネイトは言った。

ポリーはだっと浴室へ駆けこんだ。嘔吐する音が聞こえた。むこうからは見えないので、ネイトは張りつめていた気持ちが緩み、グローブをはめた手で顔をおおった。しばらくそうしていると、やがてトイレの水を流す音が聞こえてきた。ネイトはグローブを打ち合わせて、自分が行くことをポリーに知らせてから、浴室にはいった。ポリーは布を巻いた手で口をぬぐった。

「あしたもまたやるぞ」と彼は言った。「あさっても。パンチじゃ死んだりしないことを、おまえが憶えるまでな」

ポリーは眼に涙をためていた。だがその奥には、火が燃えていた。

20

ポリー
ハンティントン・ビーチ

それはポリーの初めての誘拐だった。というか、その一歩手前だった。

ふたりは例の女の家の外でグリーンモンスターの車内に座っていた。西瓜色の髪を隠すために、ポリーは野球帽をかぶっていた。飲み物を買うために酒屋に駆けこんだら、店番のおばあさんに坊やと呼ばれた。女の子だよ、と言いたくなったが、放っておいた。大した問題ではなかったし、それになんと言っても、今は正体を隠しているのだから。

皮膚の下の筋肉がみしみしいった。このごろは絶えず痛んだ。痛む筋肉の下では、骨が送電線のようにうなった。夜になると骨が伸びるのがわかった。じきに新しい服が必要になりそうだった。

ふたりはスポーツドリンクとペットボトル入りの水を飲んだ。通りの先のタコス専門店でおしっこをして、ステーキをはさんだムリタを食べた。ポリーは父親と同じくらいたくさん食べた。近頃はいつも空腹だった。

ふたりは女の家に出入りする連中を見張った。みんな頭を剃りあげ、顔や首に刺青をしていた。女たちも。父親がそういう刺青のことを説明してくれた。ときどき数字を入れているけれど、それは暗号みたいなものだということ。たとえば88はＨＨを表わし、ハイル・ヒトラーという意味だとか。盛りあがった二の腕に見えるウッディ・ウッドペッカーの刺青は、その男が〈ペッカーウッド・ネイション〉の一員だという意味だとか。ふたりが見張っている緑の眼の女、前髪を残して髪をすっかり剃っている女のことは、〝フェザーウッド〟と呼んだ。

緑の眼の女は誰にでもドアをあけた。通りの向かいのポリーのところからだと、〝ハロー〟と口では言っていても、眼では言っていないように見えた。

「あいつらが嫌いみたいだね」とポリーは言った。「なんでみんな訪ねてくるの？」

「あの女は蜘蛛なんだ」父親は言った。

「なにこんどは。蜘蛛？」

「そう。あいつは蜘蛛の巣の真ん中にいるんだ。塀の中と外をつなぐ要だな。誰か親しい人間がムショにいるんだ。兄弟とか、夫とか、そういうやつが。そいつが〈アーリアン・スティール〉とがっちりとつながってて、あの女はそいつにいろんなことを伝えたり、伝えられたりしてるんだ。たぶん銀行口座も管理してる」

「ってことは、なんでも知ってるんだ」ポリーは言った。

「ああ」

「ってことは、あたしたちにあいつらのお宝のありかを教えてくれるわけね。で、あたしたちはそれをいただくと」

「よくわかったな。だが、そう簡単にはいかないぞ。まずあいつにしゃべらせなきゃならない」

「しゃべるよ。しゃべらなきゃ、父さんがしゃべらせればいいんだから」

父親はポリーがまちがったことを言ったみたいに渋い顔をした。でも、まちがってないよね？

実行したのは次の日だった。

父親は後部席に毛布を置いて、ポリーが隠れて話を聞いていられるようにしてくれた。車が女の家のあるブロックにはいると、ポリーは熊を抱えて後部席に這いこんだ。気分は縄梯子をよじ登る海賊だった。見えないナイフをくわえていた。

「ヨー・ホー・ホー」後部席に倒れこみながら、ポリーは海賊みたいな声をあげた。父親は眉をしかめてポリーを見た。だが、眼は笑っていた。

ポリーは床に滑りおりた。毛布をかぶり、いつでも姿を隠せるようにした。タイミングはばっちりだった。郵便配達の車がちょうど歩道ぎわを離れたとき、ふたりはそこに着いた。

「ようし、これでいい」と郵便配達を見送りながら父親は言った。「おれたちのつかんでる行動パターンが正しけりゃ、あの女は一分後に郵便物を取りに出てくる。準備しとけよ。始まるときは、あっと言う間に始まるからな」

一分後だったのかもしれないし、十分後だったのかもしれないが、女が出てきた。だぶだぶのTシャツに、カットオフのジーンズ。郵便物を取りにくるだけのために化粧をしていた。ポリーの好きな、どぎつい赤の口紅。

「行くぞ」と父親が言った。ポリーは誰かが蓋に空気穴をあけてくれたみたいに高揚してきた。

「すぐに戻る」と父親は言った。「まずいことが起きたら、おまえは逃げろ」

「父さんを置いてなんかいかないよ」ポリーは言った。

「ばか言うな。逃げるんだ」

父親が女の家の玄関へ歩いていくのを、ポリーは後部席から見送った。父親はポケットに銃を入れていた。相手に気づかれる前に、女のところへたどりついた。銃を突きつけた。女は油断していたようだった。怒りの顔になったのがわかった。恐れの顔ではなかった。父親は女をぐいと車のほうへ向けた。ポリーはまた床に滑りおりて、熊と自分の上に毛布を引っぱりあげた。はしゃいで、くすくす笑いながら。毛布の下で熊が〝しいっ〟というように手をあげたとき、車のドアがあいた。

「なんのまねだよいったい？」女が言った。あまりおびえてはいない口ぶりだった。そこがポリーは気にいった。

「危害を加えるつもりはない。おまえがそうさせるなら別だが」父親は言った。

「ふざけんな」

ポリーはますますその女が好きになった。

エンジンがかかった。

「おれは情報が欲しいだけだ」

一瞬の間のあと、女は言った。

「あんた、お巡りじゃないね」

「お巡りだなんて言ったか」

「誰にちょっかいを出してるのかわかってんの？」

「おまえは〈アーリアン・スティール〉とつながってる」父親は言った。

「なら、自分がもう死んだってことはわかるよね？」

「おれはもうすでに、歩くゾンビなんだよ」

女はそれをどう解釈していいのかわからないようだった。

「おれを殺せるのは一度だけだ」やがて父親は言った。

「だからもう怖いものはない。聞きたいことはかならず聞き出す。だったらそっちも、すんなりしゃべっちゃどうだ？」

「こうしよう、おっさん。今すぐあたしを解放して、這い出してきた巣穴へ戻りな。そしたらディックには黙っててやるよ」

「誰だ、ディックって？」

「ふざけんな。あたしを狙ったんなら、ディックが誰かぐらい知ってるだろ」

「おれが知ってるのは、おまえが蜘蛛だということ、中に男がいるということだけだ。そいつがディックか？」

ポリーは〝なんの話をしてるのかな？〟というように熊に眉をしかめてみせた。

「あたしが絶対にしゃべらないことぐらい、わかってるだろ」と女は言った。いくらあたしをビビらせようとしたって、あいつらほどにはビビらせらんないよ」

「やってみるか」父親は言った。

毛布の下の空気が暑くなってきた。息を吸うのがだんだん難しくなってきたような気がした。この女はすんなりしゃべるだろうか。ポリーはしゃべってほしくなかった。しゃべらなかったら父親がどんなことをするか、見てみたかった。

「おれが知りたいのは場所だ」と父親は言った。「トラップハウス（クラックの製造販売所）。倉庫。製品をさばく連中。おまえはきっと地図を描いてくれるはずだ」

「〝ふざけんな〟と言ったのが聞こえなかった？」

拳銃がかちりと音を立てた。

「どうせ撃ちやしないよ」と女は言った。自分に言い聞かせているように聞こえた。口に出してそう言えば、それを信じられるかもしれないというように。

「お遊びは終わりだ」父親は言った。それはポリーに耳をふさげという合図だった。不快で荒っぽいことが起こるかもしれないという合図。ポリーは耳をふさがなかった。下唇を歯で引っかいて、肉を削り取った。

「おれは一発キメたがってるジャンキーじゃない。〈スティール〉はおれの元女房を殺したんだ。娘とおれを殺そうとしてるんだ。だからどんな――」

「あんた――ネイト・マクラスキー？　みんなが捜してるあの？」女は言った。

ポリーは自分が何をしているのか自分でもわからないうちに、かぶっていた毛布を引きおろしていた。女の後ろにすっと立ちあがった。女はホラー映画みたいな悲鳴をあげた。その顔、その恐怖を見て、ポリーは素手で煉瓦をまっぷたつにできるような気分になった。その怪物の手を女の短い髪に突っこみ、頭を乱暴に引きよせた。狼に育てられた子みたいに口をかっとあけ、顔に嚙みつこうと身を乗り出した。

「ポリー、やめろ」父親が言い、ポリーと女のあいだに手を差しこんだ。噛みついたポリーの歯が宙でかちんと鳴った。父親はポリーをシートに押し倒し、ポリーはわれに返った。ほんの少しだけ。

「なんのまねだよ」と女は言った。ポリーは女のシートの後ろを殴りつけた。

「あんたもそうなんだ」ポリーは言った。声が濡れてきしんだ。「あんたも母さんを殺すのを手伝ったんだ」

「うそ。あんたがその子なの」と女は言った。「なんてことだよ。かわいそうに。かわいそうにね」

21

シャーロット
ハンティントン・ビーチ

今のシャーロットに言わせれば、自由意志などというのはたわごとだった。だが昔からそう思っていたわけではない。二十二歳のとき、ミズーリからロサンジェルスへ車でやってきた。自由で奔放な気分で、昔の本に書かれているように西へ。自由の方角へ。ハンティントン・ビーチに引っ越してきて、ウェイトレスになった。襟ぐりの深い制服を着た女たちが、ビールのお代わりをするたびに手癖の悪くなっていく男たちに、鶏の手羽を運ぶような店だ。でもまあ、チップは悪くなかった。犬掻きをしているにすぎないことはわかっていたが、とにかく溺れはしなかった。

三十種類のビールの名前をすべて憶えるぐらいその店に勤めたころ、ウェイトレスのひとりが、休みの日にロンポク刑務所の兄を訪ねるけど、あんたも一緒に行かない、とシャーロットを誘った。シャーロットは断わろうとしかけたが、そこで部屋のエアコンのことを思い出した。七月のなかばだというのに、大家は彼女の部屋の窓用エアコンをちっとも修理してくれなかった。サウナみたいな部屋で一日を過ごしたくなかったので、シャーロットは「いいよ」とヴィッキーに答えた。

のちにシャーロットはよくこう考えた。〝あのエアコンがいかれるのがあと一週間遅かったら、どうなっていただろう? あの大家がほんのひとかけらでも人間らしさを持ち合わせていて、エアコンがぶっ壊れた日に修理してくれていたら、どうなっていただろう?〟あの窓用エアコンのちっぽけなコンデンサー・ユニットに、あたしの人生は永遠に変えられてしまったんだ。そんなことをくよくよ考えているくせに、自分が今ここにいるのは自由意志の結果だなんて言える人間が、はたしているだろうか?

シャーロットとヴィッキーは車ではるばるロンポクまで出かけた。ハイウェイの看板に〝ヒッチハイカーを拾うな、刑務所近し〟の文字を見て初めて、シャーロットはことの重大さを悟りはじめた。

それをいっそう身に染みて感じたのは、金属探知機をくぐったときだった。灰色の制服を着たくすんだ灰色の顔の女が、ふたりのハンドバッグを検めた。それから看守が廊下の先を指さして、「手は触れないように」と、ひとこと言った。それからシャーロットはその面会室にはいり、すべてが変わってしまった。

青い囚人服を着たディックが座っていた。生まれながらの剣と馬の男、兄の持っている〈ダンジョンズ&

ドラゴンズ〉の本の表紙に描かれているような男が、まるで全世界の所有者みたいに面会室に座っていた。ディックはシャーロットを見たが、その眼つきも、やはりシャーロットを所有しているみたいだった。というより、もっと真相に近いのは、シャーロットを所有しようかと考えていて、〝この女にその価値があるだろうか〟と品定めしているみたいだった。面会のあいだディックはヴィッキーとしか話さず、シャーロットには話しかけなかったが、最後にシャーロットのほうを向いて、住所を交換してくれるか、手紙を書いてくれるか、と訊いてきた。シャーロットは「いいよ」と答えた。

「よせと言う理由なら百万個はある」そのあと兄のアランにそう言われた。声がキンキンしていた。ミズーリのオザーク山地からどこかの衛星に飛ばされて、カリフォルニアに届くのだ。ほんの少し言葉を交わしただけで、シャーロットは兄とあまり話をしないわけを思い出した。今回のように、相談する相手が必要なときでさえ。

「文字どおり百万個だ」と兄は続けた。「キリストが再臨するまでいくらでも挙げられる。まずそいつは、そもそも何をやらかしてムショにはいったんだ？」

「故殺。バーでの喧嘩だよ。彼の話だと、彼は喧嘩を始めたんじゃなくて、終わらせただけ」

「まったくもう」と兄は言った。「おまえ、もうあいつらみたいな口を利いてるぞ」

「あいつらって？」

「ああいう女どもだよ。頭のおかしな刑務所女どもだ。ムショにいる自分の男を弁護する」

そういうタイプを自分は知っているのではないか？ 犯罪実話のペーパーバックを読むのが大好きなのではないか？ 黒いカバーに赤い文字の、中央に白黒写真をあしらったそういう本には、八〇年代の連続殺人犯

〝ナイト・ストーカー〟や、殺人カルト集団の指導者チャールズ・マンソンに宛てて、永遠にラブレターを書きつづけるばかな女たちが山ほど出てくる。自分はそういう本を読んでは笑い、どんだけ男に飢えてるんだよ、と言ったのではなかったか？

「手紙なんか書かないと言ってくれ」兄は言った。

「もちろん書かないよ」

たしかに書かなかった。だが、ディックのことを忘れていたわけでもなかった。ことに眠れない夜、血液が体内でナイル川のようにあふれてくるときなど。だが、シャーロットはディックを頭の奥にしまい、ディックもそこで満足しているように思えた。彼女が最初の手紙を受け取るまでは。

のちに全体が見えてくると、シャーロットにもわかるようになった。鉄格子の中にいる男が持っているのは時間だけなのだ。彼らにはインターネットもスマートフォンもない。飲み友達もセックスフレンドも。ケーブルテレビを見ながらポテトチップスを食べたり、フットボールを見ながらわいわい飲んだりする機会も。キャリアもない。鉄格子の中の男が女に集中することにしたら、それだけに集中する。ディックの最初の手紙は十枚、二通目は十五枚あった。

まわりの男たちが生っちろくて、ひ弱に見えてきた。これまでに経験した最悪のものといえば、せいぜい刺青の針か、ドイツ産リキュールでの二日酔いでしかないような半ちくに。ディックはまるで別の時代から来た男のように思えた。名前からしてそうだ。今どき自分を〝いちもつ(ディック)〟なんて呼ばせる男がいるだろうか？その臆面のなさ。まもなくシャーロットはディックのことを夢想するようになった。ディックに連れ去られ、自分を抑えられないというように服をむしり取られ、ごつい手で愛撫される。そういう夢想が昼間でも浮かぶようになった。宗教的な幻視のように。

兄との約束は反故にした。ディックに自分なりの手紙を書いて、自分自身のことを語った。バーでの仕事のこと。やたらと胸を触りたがるドスケベ店長のこと。レジから金をちょろまかす女の子たちのこと。もっとビーチに近いアパートに引っ越したいこと。

ディックは返信を寄こし、カクテルパーティ向けのくだらない話はよせと言った。昼メロみたいなたわごとを読みたいわけじゃない。おまえのことを知りたいんだ。誰にもしたことのない話を書いてよこせ。

その手紙はシャーロットを釘づけにした。板に留められた蝶に。

そこでシャーロットは日曜日に延々と、裏表十一ページにおよぶ手紙を、手の痙攣をこらえて書いた。自分について知っている最悪のこと。九・一一のことを書いた。自分もみんなと同じように悲しいと思ったけれど、その悲しさに別のものが、興奮が交じっていたこと。タワーが倒壊する様子にぞくぞくしたこと。あたりを包む粉塵に、ビルから噴き出す炎に、カメラに落下してくる死体に、その音に。それが現実であり悲劇であることはわかっていたが、それでも胸がときめいた。当時はミズーリ州スプリングフィールドにあるキカプー高校の二年生だった。それまでの人生は灰色の霞にすぎなかったが、そのふたつのタワーが崩れ落ちたとき、もしかしたら人生は映画の中で起こるようなこととはちがうかもしれないと感じた。その日シャーロットはひとつの秘密を教えられたような気がした。学校で教えられたり両親から学んだりするのとは比べものにならないこと、心の内で毛布をかぶせておかないと、すべてを圧倒してしまうほど恐ろしくてまばゆいことを。シャーロットの暮らしは――いや、彼女がそれまでに出会ったすべての人々の暮らしは――みな安全を中心に築かれていた。だが、安全などそもそも幻想だったし、人生には安全などよりすばらしいことがいろいろあった。タワーが倒壊する世界に暮らすほうが、すばらしいのかもしれなかった。

それをディックに明かすのは、自分はあなたのものだというシャーロットなりの伝えかただった。それは伝わった。次の面会日にディックは本当にシャーロットを求めた。彼女の脚に手を触れてきた。夢想したとおりのごつい手だった。危険の代用品を味わわせたのだ。ディックは自分の商売のことを話した。〈アーリアン・スティール〉というギャング組織の副官だということ。下に兵隊どもがいて、上に将軍たちがいること。組織のために戦い、殺すこと。シャーロットは右手の海に夕陽がじゅうじゅうと沈んでいく百一号線を、夢見心地でロサンジェルスへ戻った。

何度か面会を重ねたのち、ディックは彼女に協力を求めた。いわく、おまえは銀行口座をひらくんだ。みんながおまえに金を持ってくる。いわく、身元をたどられない携帯電話を買うんだ。みんながそこに電話をかけてくる。

ロサンジェルスに帰る道すがら、彼女は自分に言い聞かせた。ディックと縁を切ろう、自分の暮らしに戻ろうと。そういう暮らしの前途に眼を向けた。まっすぐで平らな道に。実直な暮らしを人はよくそう言う。まるでそれがいいことみたいに。まっすぐで平らだと。

次の面会日、シャーロットは銀行の通帳を手にディックを待っていた。

ディックは自分の世界へ彼女を連れこんだ。彼女はその世界が好きになれなかった。仲間たちが好きになれなかった。ばかで陰険な女たち。残酷な眼をして、胸にメタンフェタミンの染みをつけた男たち。ふり返ることを考えたときにはもう、自分の泳ぎだした岸は見えなくなっていた。彼女は大海原の真ん中で途方に暮れていた。

何百ものメッセージを伝えた。メッセージは暗号で書かれた手紙で来ることもあれば、〝でかい眼の男〟だの〝例の場所のそばの場所〟だのという言いまわしをやたらと交えて、電話で伝えられることもあった。

いまだに忘れられないメッセージといえば、ネイトと、エイヴィスと、ポリーの処刑命令だけだった。それはディックの口から直接伝えられた。ディックはそれを彼女に復唱させた。その言葉は腐ったミルクのような味がしたが、それでも彼女はそれを口にした。ディックの前でそれを繰りかえして、きちんと憶えたことを伝えると、家に帰ってこんどはそれを、残酷な眼をした男や陰険な女たちに伝えた。すると一週間ほどして、その女のことがニュースで報じられた。まるで自分が一枚のドミノを倒したら、一週間後にひとつのタワーが倒壊したような気がした。

そして今その男の隣に座り、その少女に見つめられていると、シャーロットは事実を直視しないわけにいかなかった。少なくともあのときの自分は、何かをさせられたわけではなかった。あれは自分で選んだのだ。自分があのメッセージを伝えたのだ。あれは自分の責任だった。

シャーロットは銃を見た。少女を見た。怒りが引いていった。恐怖も。

「何が知りたいのか教えて」

「何もかもだ」と男は言った。少女は何も言わなかった。腕にテディベアを抱き、眼に殺意を宿していた。

22

ポリー
ハンティントン・ビーチ

父親がシャーロットに質問をし、ポリーが噛み痕だらけの鉛筆でメモを取った。鉛筆は学校鞄の底から見つけた。ノートも。割り算の問題と南アメリカの情報で埋まったページはみんな破り取り、丸めて床に落とした。ページのいちばん上に〝アーリアン・スティール〟と書いて、下線を引いた。番号をふって、場所を順番に書きとめていった。

シャーロットは父親と話をしながら、ポリーをちらちらと盗み見ては眼をそらし、ポリーに襲われたときにできた爪の痕に触った。自分のほうを見るシャーロットの眼つきがポリーは気にいった。女の子の皮をかぶった怪物でも見るような眼だった。

シャーロットの使う言葉のなかには、意味がわかるものもあれば、わからないものもあったが、ポリーはとにかく書きとめた。父親にはわかるのだろうと思った。わからなければ訊くはずだと。重要だと思われることはみんな書きとめた。こんなふうに。

ちょんぎり屋（チョップ・ショップ）（盗難車を解体して部品を売り飛ばす）——アルヴァラード通りの修理工場。マッカーサー公園の南、チキンの店のそば。キツツキ国（ペッカーウッド・ネイション）。

ぶつぶつと熊につぶやきながら書いた。つぶやかないと書けないからではなく、つぶやくのが面白かったからだ。キツツキちょんぎり屋、キツツキちょんぎり屋。

たくさんの場所を書いた。ハリウッドの〈イン・アンド・アウト・バーガー〉のそばの〝トラップハウス〟。パシフィック・コースト・ハイウェイ沿いにある〈オーディンズ・バスターズ〉のバイカー・バー。ヴェニス・ビーチにある〈ペッカーウッド・ネイション〉の〝安全な家〟。エンシーノにあるホワイト・パワーのメタル・バー。サン・ヴァレーの屑鉄屋とごみ捨て場のあいだにある、最大の〝スタッシュハウス〟(麻薬の隠し倉庫)。この最後の場所について、父親はいちばん質問した。

「なんのスタッシュハウスだ?」

「クランク」とシャーロットは答え、ポリーはそれを書きとめたものの、意味はわからなかった。「〈ナチ・ドープ・ボーイズ〉の使ってる最大のスタッシュハウス」

ポリーは大急ぎで書いた。

「そこかもな」と父親は言った。

「あいつらを痛めつけたいならね。あたしだったらそうする」シャーロットは言った。

「そこへ行ったことはあるか?」父親は訊いた。

「一度」シャーロットは答えた。

「図を描けるか? 内部の」

シャーロットは〝たぶん〟というようにうなずいた。

ポリーはノートを渡した。描くのを見ようと、シャーロットのシートの後ろに体を近づけた。漂ってくる偽物の花の香りがちょっと好きになった。父親をそっと見た。父親はシャーロットから眼を離さなかった。シャーロットを見るときの父親の眼に宿る何かが、ポリーを不安にさせた。

「それで全部?」重い沈黙を破りたくてポリーは訊いた。

「誰がそこを仕切ってる?」父親は訊いた。

「A・ロッドと呼ばれてるやつ」

「それって野球選手だよ(二〇一六年に引退したアレックス・ロドリゲスの愛称)」ポリ

ーは言った。

「ああ。A・ロッドは強打者（ヒッター）だよな」と父親は言った。

「ヒッターというのは殺し屋のことでもあるんだ」

シャーロットは〝そのとおり〟というようにうなずいた。

「じゃ、問題はそいつだな」父親は言った。

「そういうこと（ノー・シット）」シャーロットは座席の上で体をひねってポリーを見た。「ごめん」

「だいじょうぶ、汚い言葉なんて平気」とポリーは言った。「オヤジにしじゅう聞かされてるからよ」

「ポリー……」

熊は体を震わせながら声を立てずに笑い、脚をぱしっとたたいた。ポリーはシャーロットが熊を見つめながら〝やばっ〟みたいな顔をしているのに気づいた。熊をしまいたいという衝動にあらがった。やばいやつだと思われたってかまわないじゃん。

「ほんとにやるつもり?」とシャーロットは訊いた。「ほんとにあそこを襲うつもり? あいつら人殺しだよ——」

「おれたちがそれを知らないと思うか?」父親は言った。シャーロットはその言葉にひっぱたかれたみたいに、すばやく顔をそむけた。

「知ってるよね」彼女は言った。

「おれたちが行くことがやつらにばれてると感じたら、おまえがひとことでも誰かにこれをしゃべったと思ったら、おれはまた来るからな」と父親は言った。「おまえにはおれが来るのは見えないぞ」

「あたしがひとことでもこれを誰かにしゃべったらね、あたしを殺ろうってやつの行列ができる」

　ふたりはシャーロットを家の前で解放した。シャーロットは戸口まで歩いていき、ふり返った。父親はあの飢えた表情で彼女を見つめかえした。ポリーはそれを見て、熊をいっそうきつく抱きしめた。

「そこを襲うとき、あたしも連れてってくれるよね？」

「遊びじゃないんだ。相手は銃を持ってて、平気で子供を撃つんだぞ」

「銃を持ったやつらは、どのみちいるんだよ。父さんがやるなら、あたしもやりたい。手伝いたい」

「危険なんだ」

「どこにいたって危険だって言ったじゃん。だからふたりで一緒にいるべきだって。あたしも手伝いたい」

父親はしばらく黙りこんでいた。横眼でポリーを見て、長々と溜息を漏らした。

「なら、手伝ってくれ」

「いいよ。でも、何をしたらいいか教えてね。あたし、強盗するのって初めてだから」

23

スカビー
サン・ヴァレー

チェリーソーダ色の髪と物騒な青い眼をしたその少女が戸口にやってくるまで、スカビーは自分を運のいいやつだと思っていた。少なくとも、こんなどうしようもないジャンキーのわりには運がいいと。広い世間のどこかには、〈LAナチ・ドープ・ボーイズ〉公認のクランク味見役より、もっとましな仕事があるかもしれないが、そんな仕事はやりたくなかった。スカビーの見るところ、彼の地位はローマ教皇よりすばらしかった。そりゃ教皇様ともなれば、絹の猿股をはいて十億の人間を顎で使える。だけど、まぬけな帽子をかぶって毎日教会へ行かなきゃならない。ところが、このスカビーさんは？　好きなことをやってられる。見てくれ。テーブル上にきっちりとラインになった三列の結晶。白さがほんの少しずつちがうのがわかるか？　これは紙みたいな白、これは雪みたいな白、こっちは骨みたいな白。おれは微妙なちがいを見分けられる。それがおれの仕事だ。

A・ロッドが青い稲妻の刺青をさすりながらスカビーの横に立った。A・ロッドはスカビーが余計なまねをしていると思うと、腕の稲妻をなでるのが好きだった。そういうわざとらしいやりかたで、スカビーにあっちは人殺しでこっちはそうでないことを思い出させるのだ。スカビーはA・ロッドがスカビーなど要らないと思っているのを知っていた。A・ロッドが〈ナチ・ドープ・ボーイズ〉の幹部であっても、〈アーリアン・スティール〉軍団ではただの兵隊にすぎないのを知っていた。クランクの味見役など必要ないと考えていても、〈スティール〉の連中に却下されたのを知っていた。A・ロッドがあらゆることを知っているわけではないのを知っていた。スカビーはいろんなことを知っていた。

クランクが腰のあたりでエンジンをかけているあいだ、スカビーはいろんなものを読んだ。新聞の記事をかたっぱしから読み、広告を読み、シリアルの箱やシャンプーのボトルの裏面を読み、猫砂の袋に書かれた原材料を読んだ。対ドラッグ戦争やメタンフェタミンについて読み、南カリフォルニアの麻薬業界では、警察、カルテル、ペッカーウッドによる三つどもえの軍拡競争が進行中なのを知った。かつてメタンフェタミンはごく簡単に調理できた。二、三の異なるレシピがあったが、それはもっぱら地域差だった。ところが政府が規制を強化しはじめた。喘息薬などに用いられていたエフェドリンが禁止された。その結果、ふたつのできごとが起きた。ひとつは、エフェドリンがたやすく手にはいるメキシコで、メタンフェタミンの製造が増加しはじめたこと。もうひとつは、ペッカーウッドたちが別の調理法を見つけはじめたことだ。当時はさかんにスマーフィングが行なわれた。つまり、ガソリンスタンドからガソリンスタンドへ、食料品店から食料品店へと歩きまわって、鼻炎緩和剤や抗ヒスタミン剤を根こそぎ買い集めたのだ。

それから政府がまた法律を変える。するとカルテルはレシピを変え、ペッカーウッドもレシピを変える。まるで軍拡競争だった。〈ナチ・ドープ・ボーイズ〉は大半のクランクを南カリフォルニアでさばいていた。製造しているのはハングツリー郊外の砂漠だった。当局がワルのホワイトボーイに甘い顔をしてくれる土地だ。スカビーは噂に聞いていた。大量のコンクリート板（スラブ）が残された砂漠の陸軍基地の跡のこと、キャンピングカーとかまぼこ兵舎でできた町のこと、メキシコのメタンフェタミン製造工場に対抗する砂漠の工場のこと。そこがスラブタウンと呼ばれていること。ハウザーというやばい保安官がそこを牛耳っていて、メキシコ人を締め出して工場に製造を続けさせ、うまい汁を吸っていること。ハウザーはホワイトボーイからすればまさに夢の男だった。カルテルでさえ警官は絶対に撃とうとしないからだ。国境のこちら側では。

メタンフェタミンはスラブタウンから〈オーディンズ・バスターズ〉の手で運ばれてきた。このバイカーたちがロサンジェルスへ、A・ロッドと〈ナチ・ドープ・ボーイズ〉のところへ持ちこむのだ。すると〈ドープ・ボーイズ〉がそれを集積所に、すなわちスカビーが今こうしてもの思いにふけっているサン・ヴァレーの一軒家に運んでくる。そしてここで、彼らはそれを小分けにし、南カリフォルニアのあちこちへ送る。フォンタッキーや、サン・バーナディーノや、ヴェントゥーラから、はるか北のベイカーズフィールドまで。

〈オーディンズ・バスターズ〉も〈ドープ・ボーイズ〉も、この商売に関わっている組織はどこも、〈アーリアン・スティール〉に上納金を納めていた。A・ロッドはふたつのパスポートを持っていた。〈ナチ・ドープ・ボーイズ〉では大物幹部だが、〈アーリアン・スティール〉ではただの兵隊だった。だから〈スティール〉が彼に、スラブタウンのどの料理人が最高のレシピを持っているか知るために、味見役を雇えと命じれば、そうせざるをえなかった。しかし、だからといってそいつを好きになる必要はなかった。

スカビーは紙みたいな白さのラインを吸いこんだ。鋭いガラスの破片を鼻孔の奥に。その痛みはいい印だった。メタンフェタミンの第一法則――痛みと同じだけの快感がある。

「本物だ」脳内で爆竹がパンパンパンと爆ぜると、スカビーは言った。

雪みたいな白さのラインは、喉の奥を有刺鉄線で引っかいた。涙で眼が潤んだ。スカビーはギャップ・バンドの《おまえはおれに爆弾を落とした（ユー・ドロップ・ア・ボム・オン・ミー）》を口ずさんだが、A・ロッドの顔を見て途中でやめた。

首を振り、ぶるぶると漫画じみた声をあげ、筒にした札をつまんで最後のラインを試そうと――

コンコンコン、とノックの音。

A・ロッドがシャツの裾を引っぱりあげて、平べったい黒い拳銃を抜いた。スカビーは突っこんでくる魚雷にでも備えるようにテーブルにしがみついた。幻の警官どもが眼の隅にちらついた。A・ロッドが〝おまえ出ろ〟と銃を振った。スカビーは〝とんでもねえ〟という顔をしてみせた。A・ロッドは銃を振るのをやめ、銃口をぴたりとスカビーに向けた。銃口をのぞきこんでも、弾の先っぽは見えない。見えるのは、来世の予告篇みたいな暗闇だけだ。スカビーは戸口へ行って、のぞき穴に眼を押しつけた。

片眼のテディベアがこちらを見ていた。

メタンフェタミン精神異常。大量のクランクがアドレナリンとともに、脳を黒焦げのキャンディバーに変えてしまったのだ。

スカビーはもう一度のぞいた。角度を変えて。できるだけ下のほうを。熊はバックパックに突っこまれていて、頭だけがそこから出ていた。バックパックをしょっているやつの頭のてっぺんも見えた。カート・コバーンの眼をして、チェリーソーダみたいな髪をしていた。

「誰だ？」

「女の子です」とスカビーは答えた。

「どういう意味だよ、女の子って？」

「十代の女の子、みたいな」

「おまえ、そのクソで脳が溶けただろ」A・ロッドは言い、スカビーを脇へ押しのけた。のぞき穴をのぞいた。口笛を吹き、「こりゃたまげた」と言った。四つの錠をはずし、銃を背中に隠してドアをあけた。

「こんにちは、お嬢ちゃん」A・ロッドは言った。その言いかたはスカビーに蜂蜜をかけたナイフを連想させた。顔つきの変化からすると、女の子もそう思ったようだ。

「うちの犬がね、逃げてしまったの」と棒読み口調で言った。A・ロッドは銃を見えないところへ放った。

「おやおや。きみの犬が。仲良しなんだね、きっと。おれが力になれるかもしれない」スカビーの脳内でサイレンが〝ウウウーッ〟と鳴りだしたが、A・ロッドはチェーンをはずして女の子のためにドアをあけた。

世界がアクション映画に変わった。

女の子が脇へよけて、だしぬけに、やばそうな男が現われた。ムショでつけた筋肉、ムショで入れた刺青、女の子と同じいかれた青い眼。銃身を切り詰めたショットガンを手にしている。

A・ロッドが男のほうへ動いた。男はショットガンをふるい、A・ロッドと銃床がハイウェイ上で正面衝突した。A・ロッドの鼻が弾けた。ひと筋の血が円弧を描いてコーヒーテーブルに飛び、メタンフェタミンの最後のラインを横切った。

女の子はバックパックから熊を引っぱり出した。熊はなんと、スカビーに手を振りやがった。やっぱりメタンフェタミン精神異常だと考えたほうがよさそうだ。

A・ロッドは顔を血まみれにして床にぶっ倒れた。男はスカビーのところへやってきた。スカビーは男の眼に映る自分の姿を見た。腕はなよなよ。鼻の頭は、これまでに吸いこんだラインのせいで、ムショの奴隷坊やの尻みたいに真っ赤。ジーンズの股ぐらには、小便の染みが広がりつつある。額に〝無害〟の刺青を入れているも同然だった。

「名前は?」男は訊いた。

「スカビー」

「ブツはどこに隠してある、スカビー?」

「しゃべるなよ」A・ロッドが口を赤いシチューでいっぱいにして言った。

「コート・クローゼットだ」とスカビーは言い、顎で場所を示した。A・ロッドは罵りの言葉と折れた歯を吐き出した。

女の子が何かをスカビーに渡してよこした。見ると、ひと巻きのダクトテープだった。

「おじさんたちをね、縛らなくてはいけないの」女の子は言った。またあの棒読み口調で。そこでスカビーはようやく気づいた。暗記した台詞を言っているのだ。

「協力したほうが身のためよ」

スカビーはA・ロッドの両手を背中にまわしてテープで巻いた。巻きおえて女の子を見あげると、女の子が操り人形みたいに抱えている熊が、〝よし〟というようにうなずいた。女の子の後ろには、男がクランクを入れた食料品店の紙袋を持って立っていた。

「これで全部か?」男はスカビーに訊いた。

「ああ」

男はスカビーの頭にショットガンの銃口を押しつけた。切り落とした個所のでこぼこが、ひとつひとつ感じ取れた――誰がやったのか知らないが、作業が雑で、まだバリが残っているのだ。スカビーは考えた。おれの脳が後ろの壁にぶちまけられたら、そのちっぽけなかけらはみんな、ひとりぼっちでしばらく考えつづけるんだろうか？　モブ・ディープの《シュック・ワンズ》の歌詞のはいってるかけらは、ひとりで歌いながら壁で冷えていくんだろうか？

「ほんとうか？」男はゆっくりと訊いた。

「ああ。たしか十個ぐらいだったから。それで全部だ」

男はスカビーを殺すべきかどうか検討するみたいに、彼をじっくりと見つめた。体内に一滴でもまだ小便が残っていたら、スカビーはその場で漏らしていただろう。だが、残っていなかったので、下腹部の筋肉がきゅっと、痛みとともに縮まっただけだった。

「その人は撃たないで」と女の子が言った。「その人は青い稲妻を入れてない。入れてるのはこいつ」と女の子はA・ロッドに顎をしゃくった。A・ロッドの腕の青い稲妻に。〝こいつ〟という言いかたを聞いて、スカビーは氷水を浴びたようにぞっとした。

「おまえが誰かわかったぞ」A・ロッドが膝で立ちあがろうとしながら言った。「おまえはゾンビだ。でもってこのチビあまは――」

男はブーツでA・ロッドの口をつぐませ、A・ロッドは後ろへ吹っ飛んだ。手で体を支えられなかったので、頭をもろに床にぶつけた。

女の子は熊の手を両の眼に持っていった。熊は〝こんなのいやいや、ひどい〟というように首を振った。大した人形遣いだった。だが、その子の眼の輝きからして、本人も熊と同意見だとは思えなかった。ひどいとは全然思っていないように見えた。

男はテーブルの脚に靴をこんと打ちつけて、雪でも落とすみたいに血を払い落とした。

「おまえはあいつらにこう伝えるんだ」とスカビーに言った。「やったのはネイト・マクラスキーだ。上に申し送れと。あいつらがおれの娘に対する青信号を解除するまで、おれはやめないと。で、おれは誰だ？」

「ネイト・マクラスキー」スカビーは答えた。

「それとポリーもだよ」と女の子が言った。男は女の子のほうを見てにやりと笑い、女の子もにやりと笑った。それでスカビーは、もうまちがいないと確信した。これは現実じゃない。おれはスプーンで食べられる食事しかあたえてもらえない場所で、白い壁を見つめてるんだ。

「それとポリーもだぞ。あいつらにそう伝えろ」男は言った。

ふたりは出ていき、スカビーはカウチにへたりこんだ。何が現実で何が現実でないか、まだはっきりしなかった。


「こいつを切ってくれよ」とA・ロッドが言った。スカビーはどうしようかと考えた。彼の見るところ、A・ロッドは自由になったら、多大ないらだちを解消しなければならなくなる。だが、この建物にストレス解消ボールはひとつしかない。

「いやだね。悪いけど」とスカビーは言った。「おれはここからムーンウォークでさよならしようと思うんだ」

「おい、よく考えろよ、こら」

「考えるよ。ずっと遠くからさ」

「てめえ、見つけたら――」

「ああ、わかってる。なんとか見つけないでもらいたいね」

味見用のクランクの最後のラインが、テーブル上に赤く飛び散ったA・ロッドの鼻血にまみれていた。

〝かまいやしねえ。次にやれるのはいつになるかわからねえんだ〟スカビーはそう思い、A・ロッドの血もろとも、そのラインを吸いこんだ。脳内で火山がぽんぽんと噴火した。バッテリー用硫酸と下水の味がした。A・ロッドの血の味がした。もしかしたらA・ロッドは自分の生気を、人喰い人種の戦士スタイルでちょっぴり分けてくれたのかもしれない。

「ちなみに言っとくと」とスカビーは戸口を出しなに言った。「今のやつは、当たりも当たり大当たりだぜ」

スカビーは晴れ晴れした気分で外へ出た。サン・ヴァレーの空気をうまいと思ったのは初めてだった。自由の空気はうまかった。たとえ汚れていても。

24

ポリー

サン・ヴァレー／ノース・ハリウッド

少女は今や盗賊だった。盗賊の楽しさを知っていた。父親もその楽しさを感じているのがわかった。父親は車をすっ飛ばした。右に左にと、一見でたらめに道を曲がっているが、あらかじめ全部考えてあるのだ。ポリーは窓をおろした。風の中に犬みたいに顔を突き出して、夜を味わった。足の爪先から頭のてっぺんで踊る髪の先まで、全身がひとつのものになっていた。

一台のSUVを追い越した。女の人が運転していて、後ろに子供たちが乗っていた。鼻くそが見えるほど窓に鼻を押しつけている。熊が窓から尻を突き出して、その子たちに〝お尻ふりふり〟をしてみせた。ポリーは笑った。父親も笑った。信号が変わった。父親は車を急発進させた。ポリーは歓喜の悲鳴をあげ、シートに背中から倒れこんだ。

「もういいだろう」と父親は言った。「そろそろ現実に戻れ」

ポリーはゆっくりと現実に戻った。今この瞬間マディスン・カートライトは何をしているだろうと考えた。今はマディスンがひどくちっぽけに思えた。彼女の顔がひどくとがっていて、鼠みたいに思えた。以前はその顔がものすごくかわいく思えたのに。

「こんなに面白いなんて思わなかった」ポリーは言った。

「いつも面白いわけじゃない」と父親は言った。「さあ、シートベルトを締めろ。シートベルトをしてない子供のせいで、今お巡りに停められるのだけはごめんだぞ」

「おなか空いた」とポリーはシートベルトを締めながら言った。「パンケーキ食べない？」

熊が〝食べたい〟というようにおなかをなでた。

「熊も賛成だって」とポリーは言った。

「変だな。そいつはおまえの好きなことは、なんでも好きだな」

「父さんのことも好きだよ」とポリーは言った。熊は身を乗り出して父親のほっぺたにキスをした。

「ね？」

ポリーは紙袋の口をひらいた。ビニールで煉瓦状に包まれた白い粉。それを爆発物のようにそっと遠ざけた。

「これがメタンフェタミン？」

「やばいしろものだ」父親は言った。

熊が袋の中をのぞこうと、ポリーの膝の上を歩いていった。袋に顔を突っこみ、感電したみたいにぶるぶる震えて顔を出した。

「あらたいへん」とポリーはチビりそうになるほど笑いながら言い、熊を放りあげた。ドラッグでぶっ飛んだ熊は、グリーンモンスターの天井に頭をぶつけ、床に落っこちた。父親は大笑いした。

「ドラッグはやばいんだよ」とポリーは熊に言い聞かせた。笑いすぎで痛むおなかをさすった。

「まじな話、これどうするの？」ポリーは訊いた。

「捨てる」と父親は答えた。「必要なのはあいつらから取りあげることだ。持っててもしょうがない」

「うまくいくと思う？」

「うまくって？」

「むこうは諦めるかな？」

答えがどうなるのか、どうなってほしいのか、よくわからなかった。ポリーは安心したかった。かすかな物音にも眼を覚ましたりせずに朝まで眠りたかった。でも、それが終わったら、自分たちの暮らしがどうなるのかわからなかった。ある晩、父親はペルディードというメキシコの町のことを話してくれた。そこにいるのはみんな、世間から逃げてきた人たちだという。地図には載っていない海辺の町。無法者のリゾート、おまえとおれにぴったりの土地だと。なぜならあたしはもう無法者だからだ。女の子はあたしひとりだろうか？

「いや」と父親は答えた。「これだけじゃ諦めないだろう。もっと手ひどく痛い目に遭わせてやらないと」

ポリーはうれしいのか悲しいのかわからなかった。でも、またあの感覚を、あの盗賊の歓びを味わうのだということはわかった。

白い粉は子供が人参スティックをお弁当に持っていくのに使うような、小さなビニール袋にはいっていた。食堂でパンケーキを食べてアパートに帰ると、ポリーはひとつめの袋をあけて、中身をトイレに捨てた。魔女の大鍋みたいに便器からぶくぶく泡が立つかと思ったが、粉はほとんどそのまま消えた。ポリーはふたつめの袋をつかんだ。

「少しずつ捨てろ」と戸口から父親が言った。「そいつはパイプを食うんだ。配管屋を呼ばなきゃならなくなる」

「パイプを食う?」

「腐食させるんだ。やばいしろものだと言っただろ。おれは出かけてくる」父親は言った。

「どこへ?」

「ちょっとな。何か買ってきてほしいものはあるか?」

「キャンディ」とポリーは言った。

「もうパンケーキを食っただろ」

「だから?」

「おまえはトレーニング中なんだぞ」父親は言いかえした。

「ちょっとだけ。ひとつでいいから」

「わかったよ」

ポリーはトイレの水を流して、ふたつめの袋の中身を空けた。

「顔にタオルか何かをあてろ」そう言って父親は出ていった。

ポリーはTシャツを口の上に引っぱりあげて、ふたたび粉を捨てはじめた。全部捨ててしまうと、シンクのところへ行った。まだシャツで顔をおおっていたので、盗賊みたいに見えた。

あたしは盗賊だ。

シャツをおろした。鏡に映る自分を見た。鮮やかな赤い髪、自分で選んだその色、ほとんど男の子みたいな短髪。あのA・ロッドという男がドアをあけたときにポリーを見た眼つきがよみがえってきて、楽しい気分が台なしになった。あの眼つきにひそんでいたものがなんだったのか、ふさわしい言葉を見つけようとした。あの男はポリーを人間じゃないみたいに、むしろお皿に載ったローストチキンみたいに見ていて、どこから食べようかと考えているみたいだった。

ポリーは鏡に触った。自分をあんな眼で見た男を、父親が痛めつけてくれていい気分だったが、そう感じたことを後ろめたくも感じた。子供のころは、一度にひとつのことしか感じなかった。うれしくても悲しくてもいいのだが、どちらかひとつだけだった。今のポリーはかならずふたつ以上のことを感じた。まるで、左右のサイズが異なる靴をはいて歩いているみたいだった。った。平らで滑らかなところなど、どこにもなかった。

「あたし、ふつうの色に髪を染めなおすべきかな」と熊に話しかけた。熊は〝だめ〟というように首を振った。手を伸ばしてポリーの髪をなでてから、〝似合ってるよ〟というように、指のない手で親指を立ててみせた。

「あたしもこれが好き」とポリーは言った。「あんなやつ、くそ食らえだ」

25

ネイト
ハンティントン・ビーチ

自分がどこへ車を走らせているのか、ネイトはわからないふりをした。ちょっと頭をはっきりさせるために出てきただけだというふり。西へ向かっていることは知らないというふりを。

ドアをノックした。彼女は少しだけドアをあけた。ドアの裏側に片足を押しあてているのが、立ちかたでわかった。早くもあのスタッシュハウスのまぬけより、そいつのないところを見せている。

「知ってることは全部しゃべったよ」彼女は言った。

「訊きたいことがあって来たわけじゃない」

「じゃ、なんで来たの？」

「今日あのスタッシュハウスを襲った」

「知りたくない」

「やつらは尋問を始める。じきにおまえも訊かれるぞ」

「娘を連れてカリフォルニアからとんずらしな」

「おれたちに安全な場所はない。だから戦ってるんだ」

ヘッドライトがふたりを照らし、車が通りすぎていった。ネイトはパーカーのポケットに入れた銃に手を触れた。彼女はそれを見た。ネイトは彼女がその動作におびえはしたが、気にいったことにも気づいた。

「帰って。ここへ来るなんてどうかしてる」

「わかってる。また来ていいか？」

「なぜ？」

「わかってるだろ」

彼女の顔を見れば、わかっているのは明らかだった。自分の思いこみではないことは。狂おしい眼をしていた。この数日のネイトと同じように。その瞬間ネイトは、この女がどうして自分たちに心を動かされたのかを悟った。どうして自分に心を動かされたのかも。だがそこで、彼女の内部の何かが（何かそつのないものだ、それは認めざるをえない）勝利した。彼女は〝いいえ〟というように首を振った。

「あんたが何者なのか知らない女を見つけな」彼女は言った。

「おまえはもうおれの秘密を知ってるし、おれもおまえの秘密を知ってる」

「知っちゃいないね」

「おまえは自分がゆっくりと作りあげた檻の中で暮らしてきたんで、ドアに鍵をかけられたことにも気づかなかったんだ。で、自分が外へ出たがってることさえ、認めてこなかったんだろう」

「お願い、帰って」彼女は言った。

ネイトは〝わかったよ〟というように戸口から後ろへ下がり、踵を返した。あとは本人に任せるべきだった。

「どこかで会おう」と後ろから彼女が言った。「誰もあたしを知らないところで」

26

ポリー
ノース・ハリウッド／エンシーノ／韓国人街／グレンデール

それからの数日はなかでも最高の日々で、あまりに狂おしくて楽しかったので、あとになって思い出しても、断片的な瞬間がばらばらに浮かんでくるだけだった。

死んだ表皮が舌からこそげ落とされたみたいに、食べるものの味がまた変わった。ふたりはメキシコ料理ばかり、それも大量に食べていた。豚の脂身でほかほかの軟らかなトルティーヤ。かりかりの豚肉、酢漬けの玉葱、赤や緑に弾けるソース、燃える舌、燃える喉。その辛さに父親はうまく対処できなかった。汗を搔いて、しゃっくりをした。でもポリーは辛いのが大好きだった。「母さんから受け継いだんだな」と父親は言った。そう聞くとつらかったが、元気づけられもした。

ポリーは成長していた。自分が成長しているのが感じられた。皮膚が伸びるのが。夜中に乳首が疼くのが。

ふたりは毎日を規則正しく過ごすようになった。ポリーは自分がそれを渇望していたことに初めて気づいた。ふたりは起床し、運動をした。腕立て伏せ、挙手跳躍。刑務所の運動場でやる運動だ。父親がそう教えてくれた。ポリーをどのぐらいしごいてもいいか、父親はもうつかんでいた。ポリーはしごかれるのが好きになってきた。つらいのが好きに。

父親は殴り合いのしかたを教えてくれた。砲弾のようなジャブを繰り出す方法、それをすばやく戻して、自分が無防備にならないようにする方法。両手をあげて自分を守る方法。

取っ組み合いのしかたも教わった。梃子の作用を力に変える方法を。ポリーはその力学をつかんだ。梃子と支点が、絞め技や手首固めになった。ときどき、顔のない人たちと取っ組み合いをする夢を見た。勝つこともあれば、負けることもあった。

汚い闘いかたも教わった。指を眼に突っこむ。鼻や口に引っかける。男の下腹部を蹴りあげる手を教わったときには、赤面した。股間にそんな遮断スイッチみたいなものをつけるなんて、進化というのはなんてへんてこなものだろうと思った。

午後は古本屋で見つけた本を読んだ。熊を相手に絞め技の練習をした。それからダンスをした。三人ともやかましいヒップホップが好きなのがわかった。熊はツイストやスイムを踊った。シェイクしたり、スカンクしたりした。ポリーは何曲も何曲も踊らせた。

ひとつ、おたがいが交わさない言葉があった。普通の親子なら、父親から娘に、娘から父親に言うはずの言葉が。でも、ポリーはのちに気づくはずだった。たとえ口にしなくてもそれは真実だということ、自分はそれを全身で感じていたということ、父親もそうだったということに。それで充分だった。

夜になると、ふたりは狩りに出かけた。仕事が始まる瞬間から終わる瞬間までの時間が、ポリーの生き甲斐になってきた。その時間はまるで、宇宙船から外に出て宇宙遊泳をしているみたいだった。

ふたりはヴァレーにある白人至上主義者たちのクラブを襲った。入口の上の看板には〝安全靴（スティールトウ） 今夜八時〟とあった。ポリーは運転席で見張りを務め、手をホーンの上にかざしたまま、まずいことが起きたらすぐにそれを二度鳴らして合図できるようにしていた。建物の窓から音楽が漏れてきた。低いベースの音、機関銃の銃声みたいなドラムス。ビートに合わせて頭を揺すった。

ショットガンを手にした父親がクラブにはいっていくと、剃りたての生っちろい頭をして、マーカーで鉤十字の刺青を描いた若者たちが逃げ出してきた。〈オーディンズ・バスターズ〉の用心棒が、「憶えてろよ」と口から泡を飛ばしてわめきたてるなか、父親は入場料を奪った。その晩、ふたりは食料品店に立ちより、白人至上主義者の金でステーキを買った。夜更けにそれを焼いて、レアでむさぼり食った。ポリーの顎に、喉に、ピンクの肉汁がしたたった。

そのクラブの前だったか後だったかに、チョップ・ショップも襲った。忍びこんだのは午前二時だった。空き巣狙いの快感と不眠でポリーは躁状態だった。くすくす笑いっぱなしで、壊した窓から父親に中へ押しこまれた。父親はガソリンのポリ缶と、その日の午後に缶入りの固形燃料で作った爆弾を渡してよこした。ポリーは室内にガソリンをまいた。眼がひりひりした。

コッコッコッという声が聞こえた。揮発ガスのせいで頭がいかれたのだろうかと思ったが、そうではなかった。声はまた聞こえた。心臓が妙なまねを始めたが、ポリーは声のするほうへ行った。事務所のドアをあけると、檻の中に一羽の黒い雄鶏がいた。鮮やかな白い羽根をとさか状にして。ポリーは割れた窓から父親に檻を渡してから、爆弾の芯に火をつけてそこを燃やした。

「闘鶏だな」と父親はその修理工場から車を走らせながら言った。鶏は後部席できいきいわめいていた。

「火の中には置いとけなかったから」とポリーは言った。熊が親しみをこめて檻に手をかけた。雄鶏はそれをつついた。鶏語で〝うるせえ〟と言ったのだ。

ふたりはそいつをマッカーサー公園に放してやった。檻から夜の闇へ追い出した。父親が追いかけようとすると、そいつは羽を広げた。父親は後ずさった。

「父さんて弱虫（チキン）？」とポリーは言った。熊は膝をたたいて笑った。

闇が赤くなり、すぐ南の通りから消防車のサイレンがけたたましく聞こえてきた。雄鶏はぱたぱたと暗がりへ飛びこんだ。こんどはふたりとも笑った。父親はポリーの肩に手をかけて、ぎゅっと握った。ポリーはその手に自分の手を重ね、大きな消防車が通りすぎていくのを一緒にながめた。

「あれ、あたしたちがやったの？」と訊いた。答えはわかっていた。ただ父親の口から聞きたかったのだ。

「おれたちがやったんだ」父親は言った。ポリーは父親にもたれた。父親のにおいを吸いこんだ。明滅する消防車のライトが、ふたりの顔をちかちかと照らし出した。

チビのティムは〈アーリアン・スティール〉の集金人で、ポリーが見たこともないほどの大男だった。父親が説明してくれた。州内のホワイトボーイの犯罪者は、みな〈アーリアン・スティール〉に上納金を納めなくてはならないこと。上納金は十パーセントなので、〝十（ダイム）〟と呼ばれていること。そのダイムを徴収するのがチビのティムの仕事だということ。

チビのティムは戸口のてっぺんに頭をぶつけないように、腰をかがめなければならなかった。だが、ときどきそれを忘れた。鼻をほじり、誰にも見られていないと思うと、ぱくりと食べてしまった。ポリーと父親はグリーンモンスターであとを尾けながら、礼拝中の子供たちみたいに、笑いをこらえなくてはならなかった。ポリーは父親の肩に顔を押しつけて、爆笑ものの光景が眼にはいらないようにした。

ふたりは一日じゅうチビのティムを尾行した。ティムはバックパックを携えていた。それは一軒立ちよるごとに重くなってきた。やがて彼はリトル・アルメニアにある一軒の家にはいった。

「ここでやるぞ」と父親は言った。「自分のやることはわかってるな？」

ポリーは〝うん〟とうなずいてから、「なんなの、ここ？」と訊いた。

「男の行くところだ」父親は答えた。

「中に女の人たちがいるよ」

「いるな」

「夜のご婦人たち？」ポリーは言った。

父親は笑った。

「うるさいな。そういうふうに呼ぶんだよ」ポリーは言った。

「そんな言葉、どこで憶えたんだ？」父親は訊いた。

「本で読んだんだから。笑わないでよね」

「夜のご婦人たちか」と父親は言った。「お、やつが出てきたぞ」

たちまちポリーの皮膚がちりちりした。仕事の前はいつもこうなった。体にあふれているエネルギーが燃料になっているのだ。それをポリーはもう学んでいた。

以前のポリーは、いくらエンジンが轟々と炎を噴射していても発射台から離れられないロケットだった。だが、今のポリーは飛べた。

見ると、チビのティムがドア枠にごつっと頭をぶつけながら家から出てきて、青々とした頭皮をなでた。ポリーはすばやく車から降り、歩道にやってきたチビのティムのほうを向いて立った。すがすがしい空気を味わってから、「ねえ、おじさん」と声をかけた。チビのティムはポリーのほうを向いた。父親がその後ろに近づいた。膝の裏を蹴りつけると、膝はぱきっと火の中の薪みたいな音を立て、ティムは転んだ。悲鳴はポリーが思ったよりも甲高かった。大男は砕けた膝に両手をあてた。ポリーはバックパックをひっつかんだ。ふたりは車へ走り、タイヤを焦がしてとんずらした。

ポリーはバックパックをあけた。ほぼ口元まで現金が詰まっていた。

「すっげー」

ポリーはその金を数えた。数千ドル。それが椰子の葉みたいに風ではためいた。

「大金持ちだよ」

「まだだ」と父親は言った。「でも、そうなるぞ」

「どういうこと？」

「次の仕事でだ。それが最後になると思う。それでやつらを諦めさせる」

本来なら、その言葉でポリーは解放された気分になるはずだった。ところが、数週間ぶりにまた、罠にかかった鼠みたいな気分になった。金星が優勢になったみたいな気分に。

「どこをやるの？」

「〈スティール〉の銀行だ。あの大男は、やつらが抱えてる集金人のひとりにすぎない。ロサンジェルスのどの地区にも、ホワイトボーイの商売のあるところにはかならず集金人がいてな。集めた金を中華街の古い倉庫へ持っていく。そこに金を保管しといて、洗濯に出すんだ。そこを襲えば、おれたちは金の力で青信号から自由になれる」

「その銀行のこと、どうして知ったの？」とポリーは訊いた。「シャーロットはそんなところ、教えてくれなかったよ」

「教えてくれたんだ」と父親は言った。その声の音楽には、おかしな響きがいろいろと紛れこんでいた。金星が優勢の音楽だ。

車体がまわりから縮んできた。服が蛇みたいにポリーを締めつけた。

「いつ？」ポリーは訊いた。

「ゆうべ。シャーロットに会いにいったんだ」

ポリーは現金を鷲づかみにし、窓から放り投げた。

「シャーロットはあいつらの仲間なんだよ」家に帰ると、ポリーは熊にそう話しかけた。

「おれに言えよ、熊じゃなくて」父親は言った。

「シャーロットはあいつらの仲間なんだよ」ポリーは言った。でも、それは〝父さんはあたしに嘘をついた〟という意味だった。

「彼女はそんなんじゃない」と父親は言った。「途方に暮れてる子供なんだ。おれたちに協力してくれてる」

父親がこれほど弱そうに見えたのは初めてだった。撃たれたときでさえ、こんなふうには見えなかった。ポリーは顔をそむけた。まぬけ面は見たくなかった。心の中の鍋に蓋を押しつけようとした。それでも、いやな考えがぶくぶくとあふれ出てきた。**だめになった。あたしたちはもうだめになった。**あぶくたちがそうささやいた。

何時間もトレーニングにいそしんだ。汗を掻き、枕を殴り、床を転がり。脳にほかのことを考えさせないためなら、なんでもやった。枕に絞め技をかけていると、父親が浴室のドアをあけて中からポリーを呼んだ。

ポリーは枕を絞めつづけ、頭の中で点検項目をチェックした。ここに手をやり、ここを絞める。

「ポリー」と父親がまた呼んだ。「来いよ。怒ってていいから、ちょっとこれを見てみろ」

ポリーは浴室へ行った。父親はジーンズを脱いでいた。ボクサーパンツの裾をずりあげて、前に撃たれたところをポリーに見せた。傷は着実によくなり、もうほとんど治っていたはずだった。ところが、また紫色になっていた。真ん中に何やら灰色の硬そうなものができていた。

「黴菌がはいったの？」と訊いた。頭の中で〝病院、病院、病院〟という言葉がループした。

「いや。灰色のところを触ってみろ」父親は言った。

ポリーはそこにそっと手を伸ばした。硬い金属が指先に触れた。

「弾だ」父親は言った。

「弾？」

「話には聞いたことがある。体が弾き出してるんだ。少しずつ押し出されてきて、ある日、でっかい棘みたいに、つまんで引き抜けるようになるらしい」

父親の眼を見ると、面白がっているのがわかった。魔法クールだと思っているのだ。ポリーはちがった。魔法なんか信じていなかった。少しも。むしろ予兆のように感じた。何ごとも永遠に埋もれてはいないのだという、神のお告げのように。

幕間劇

捕鯨船の人肉食

—

高地砂漠

ルイス
ハングツリー

　捕鯨船の船員を人肉食に駆り立てるような飢え。それがルイスをさいなんでいた。それが筋肉をぎりぎりと痛めつけていた。それがカリフォルニアの砂漠の空気を、身震いが出るほど冷やしていた。鼻の蛇口をひらいていた。俗に言う麻薬飢え、別名ドープ病。それがほかのすべてを、ルイスの心の隅へ押しやっていた。手首に食いこむ手錠も。自分がパトロールカーの後部席に座って留置場へ向かっていることも。

　その飢えには大量の皮肉がともなっていた。ルイスの胃には、まさにルイスの求めているものが詰まっていたのだ。Tシャツの下の腹は、彼の渇望しているヘロインを収めた五十本ものカプセルでふくれあがっていた。

　水に囲まれていながら、それを飲むことのできない船乗りと同じだ。

　そのカプセルを、ルイスは国境の南の一軒のテカテ・バーの奥の部屋で、一本ずつ、ゲエゲエいいながら呑みこんだのだ。ポリエステルのシャツに、先の異様にとがったカウボーイブーツという、つっぱり風(チュンターロ)のなりをしたカルテルの若い者ふたりが、身ぶりでそれを彼に教えた。カプセルの詰まったコンドームをひとつ取り、油に浸し、呑みこみ、水をひと口飲み、同じことを繰りかえす。そいつらはルイスに多少のおまけも残しておいてくれた――注射器、調理のためのスプーンとライター、調理したヘロインを濾すための脱脂綿、それにたっぷり一回分のメキシカン・ブラウン。それだけあれば、〈フロッグタウン・リファ〉の懐へ戻るまで、追加のヘロインを打ってくれる仲間(カルナレス)たちのもとへ帰るまで、まともでいられるはずだった。足りるはずだった。まさかのできごとさえ起きなければ。

ルイスは国境を越えて三十分でつかまった。ハングツリーという砂漠のド田舎町のすぐ郊外で。ネズミ取りでさえなかった。パトロールカーが脇道から出てきて、ルイスを待っていたというように、ぴたりと後ろにつけたのだ。お巡りたちは免許証を調べるふりさえせず、ルイスに車から降りろと命じた。手錠をかけて、パトロールカーの後部席に押しこんだ。ルイスの車はドアも閉めず、そのまま路傍に置き去りにした。

逮捕ではなく、蒸発。

〝ハウザー保安官〟と書かれたバッジをつけたほうは、ミラー・サングラスをかけ、硬い灰色の口髭をたくわえていた。林檎を半分に引き裂けそうな手をしており、ハンドルを握る拳は傷だらけだった。むだな動作はいっさいしなかった。赤信号も一時停止の標識も、眼にはいらないかのように突っ切った。

助手席に座っているほうは、まるで地中から脱走してきたかのように見えた。ぶよぶよしていて、ピンク色で、無毛に近い。ハウザーはそいつをジミーと呼んだ。ジミーがサングラスをはずすと、豚を思わせるちっぽけな細い眼が現われ、そいつが胸にバッジをつけるはるか以前から、ポリ公(ビッグ)と呼ばれてきたのがわかった。ジミーはこっそりルイスを見つめかえし、道化師みたいににんまりと歯をむき出して微笑んだ。そのせいでルイスのタマは腹の中へ引っこみたがった。だが腹は、タマを受け容れる余地はないと追いかえした。ヘロインの詰まったコンドームと飢えのほかは、何も受け容れる余地はないのだ。

パトロールカーは、走りぬけるほどの町並みもないハングツリーの町を走りぬけた。住民はパトロールカーが通るとみな緊張した。そろいもそろってやばいものを身につけているらしい。歯は欠けているし、眼つきはぴりぴりしているし。車の通気孔から流れこんでくる空気には、メタンフェタミンを製造する腐った卵のようなにおいがする。

前方に保安官事務所が現われた。ルイスの眼に、禁断症状でもがく房内の自分の姿が浮かんだ。望みはただひとつ。誰かが――〈ラ・エメ〉でも、〈アーリアン・スティール〉のあのいかれたナチどもでも、いや、〈ブラック・ゲリラ・ファミリー〉の黒人（マヤテ）どもでもかまわないから――留置場内に供給源を持っていてくれることだった。

パトロールカーは速度を落とすこともなく、保安官事務所の前を素通りした。まっすぐ病院へ連れていかれ、尻にホースを突っこまれて、腸からカプセルを流し出されるのかもしれない。だが、ルイスのジャンキー直感は、何もかもがおかしいと告げていた。胃の中にある重罪級のヘロインで逮捕されるにしても、これはあまりにおかしいと。

車は高地砂漠へはいった。道が曲がりくねりはじめた。宿営地のようなものを通りぬけた。地面に古いコンクリート板がずらりと埋めこまれていた。そのコンクリート板の上に、キャンピングカーや手作りの小屋がならんでいる。小屋にもキャンピングカーにも煙突がついていた。ペンキでスプレーされた五芒星。緑色のガラス片をコンクリートに埋めこんで綴った〝スラブタウン〟の文字。枝に古靴が鈴なりになった一本の枯れ木。メタンフェタミンを調理する紛れもないにおいが、すべてを圧倒している。肉屋のエプロンしか着けていない裸の男が、外科用マスクを顎の下におろして煙草を吸っていた。車がそいつの前を通りすぎると、そいつはハウザーに〝おはようございます、ボス〟というように会釈した。ハウザーは〝よう〟というように帽子の庇に手をやった。

車はそのキャンピングカー村の反対側へ出た。ハウザーは丘陵地帯へ登っていく未舗装道路に車を乗りいれた。悪い予感が激震級に変わった。

「どこへ連れてくんだよ?」ルイスは訊いた。

ジミーがくくっと笑った。薄汚れたハンカチで頭の汗をぬぐった。車は土埃を舞いあげて登っていった。タイヤが砂利を踏みしだいた。道が水平になった。前方に有刺鉄線と金網フェンスに囲まれたシンダーブロックの小屋が見えた。窓はなく、錆びた金属ドアがひとつついているだけだ。ルイスの腹に胃酸がどっと放出された。ドープ病に〝なんだこりゃ〟が加わったのだ。

「あいつ、気分が悪そうですよ、ボス」

ルイスが顔を上げると、ジミーが彼を眼で丸裸にしていた。

「喉が渇いたんだろう」ハウザーが言った。

「あんなふうになるやつがいるとは知りませんでした」ジミーは言った。

闘犬が一頭、小屋の角をまわってきた。傷だらけの顔、ちぎれた耳、殺意を宿した眼――まるで禁断療法の悪夢から抜け出てきたようなやつだ。フェンスにやってくると、大きな前肢を金網から突き出して、人の身長まで立ちあがった。

「そうか?」とハウザーは言った。「人間てのは、何かをやって気持ちがよくなると、また同じことをやるもんだ。おれたちもそうやってあの犬をしつけただろ」

「あの犬がいったいなんの関係があるんです?」

ハウザーはエンジンを切り、フェンスのむこうの化け物を指さした。

「世間には、飼い犬にちっぽけな服を着せ、話しかけ、人間みたいにあつかうやつらがいる。だが、それを見て笑うやつらもいる。犬は人間じゃないと言ってな。

そのとおりだよ。犬は人間じゃないんだ」

　老保安官は車から降りた。砂漠の熱気の中を、それがまるで自分のために作られたかのように歩いていく。通り道で日向ぼっこをしていた蜥蜴たちが、その足もとから逃げ出した。

「犬は人間じゃない、たしかにね」ジミーはそう言いながら、ルイスを後部席から引っぱり出した。

　犬はむさぼるようにルイスを見つめた。胸の奥で石臼がごろごろと音を立てた。ハウザーはフェンスの鍵をあけた。手で合図した。犬は座った。ハウザーは闘犬を建物の日陰側に鎖でつないだ。

「そう」とハウザーは言った。「わからないか？　犬は人間じゃない。人間が犬なんだ。こちらが指を鳴らすとやってくる。誰も見ていないと、やりたい放題をやる。やってしまうとそれを恥じる。強い者の手をなめ、弱い者に噛みつく。退屈だからと、ものを壊す。大好きなものをずたずたにする。群れを必要とする。やれる相手なら誰とでもやり、食えるものや飲めるものは、たとえあとで気分が悪くなろうと、なんでも食い、なんでも飲む。自分に愛情を示す者を愛する。たとえ相手が堕落した卑劣な悪人でもな。犬は人間じゃない。人間が犬なんだ」

「おれもそこにふくまれるんですか？」ジミーは訊いた。

「ああ、もちろん」

　ハウザーは建物のドアの鍵をあけた。

「ボスもですか？」

「いや。おれは人間じゃないからな」そこでハウザーはにやりとルイスに笑いかけ、それが本当だということを示してみせた。**やべえぞ、やべえぞ。**ルイスは頭の中で悲鳴をあげた。

　小屋の中は真っ暗で、サウナみたいに暑かった。熱気がルイスをヘビー級のパンチで殴りつけた。ルイスはひび割れたコンクリート床に膝をついた。豚みたいなお巡りが笑った。ルイスはその豚野郎に一ダースの死が訪れるところを想像した。それを願った。だが、それは実現しなかった。

「手錠を切ってやれ」ハウザーはジミーに言った。ジミーは背中にまわされたルイスの両手を、肩甲骨が悲鳴をあげるところまでぐいと持ちあげ、プラスチックの手錠を万能ナイフで切断した。ハウザーはばかでかい手でルイスの手を取った。

「おまえら、誰にちょっかい出してると思ってんだ？」とルイスは言った。「いいか、よく聞けよ。おれは〈フロッグタウン・リファ〉のもんだ。〈ラ・エメ〉と直でつながってんだぞ。メキシカン・マフィアから盗むなんてのは、ばかだけだ」

ハウザーはミラー・サングラスをはずした。その下の眼はさらに冷たかった。

「おれの居どころは〈ラ・エメ〉も知ってる。いつでも会いにくるがいいさ」ハウザーは言った。

やはり。ルイスの知っていることは、ハウザーも知っているのだ。たとえ〈ラ・エメ〉でも、いや、シナロア・カルテルでさえ、国境のこちら側でお巡りを始末しろなどと、命じたりはしないことを。メキシコのお巡りの命は安い。ルイスみたいなジャンキーと同じくらい安い。だが、アメリカのお巡りには誰も手出しできない。悪徳警官を排除するには、ほかのお巡りがそいつらを逮捕するしかないが、そんなことがこれまであったか？　この冷酷な人非人は無敵なのだ。

ただし、そこにひとつだけ希望がある。こいつが無敵だということは、こっちは解放してもらえるかもしれないということだ。そこまで自分に自信があるなら、こいつはおれを生かしておいてもかまわないかもしれない。そうだろ？　おれが誰にチクれる？　どんな厄介事をもたらせる？　だがそこで、ルイスはあの笑みを思い出し、希望は消し飛んだ。

「あんた、賄賂を取ってるよな」ルイスは自分の声にそんなふうに震えてほしくなかった。「ここへ来るまでに一ダースものラボの前を通ったのに、気にも留めてなかった。てことはおれたち、いい取引きができるんじゃないかな」

「おまえ、警官を買収しようってのか?」

「警官だったら、おれを留置場へ連れてけよ」

「ああ。おれは警官だ、たしかにな」とハウザーは言った。「おれは金を払ってくれるやつを、払わないやつから守る。歴史上、警官のいるところにはかならずそういう商売があった。それに、おれにいちばん金を払ってくれる連中は、競争相手と比べてあんまり大きくないんだよ。ことにおまえらみたいな茶色の連中と比べるとな」

ハウザーはがっしりした手でルイスの頭をつかんだ。

「その連中が気にかけるのは、おまえらメキシコ系の坊やが、砂漠のこのあたりはおまえらのもんじゃないと学習することだけなんだ」

ジミーが何かを手に持っていた。サンドイッチ用のビニール袋だった。ねじれた小枝みたいなものが何本か底にはいっている。

「そいつに使ってみていいですか?」ジミーは訊いた。訴えかけるその眼はすっかり興奮していた。「MKウルトラですよ」

「おれたちには仕事があるんだ。一日じゅうここにいるわけにはいかない」ハウザーは言った。

「このマジック・マッシュルームは、あのジョシュア・ツリーのヒッピーどもから取りあげたものですから。マインド・コントロールの方法がわかりますよ。CIAのMKウルトラ計画みたいに」

「今はこいつの腹の中のもんが欲しいんだ」

「でも、ボス――」

ハウザーはひと睨みでジミーを黙らせた。

「さてと、おまえが腹の中に何をしまいこんでるのかはわかってるぞ、坊や。おれたちはそれをもらうつもりだ。だからおまえは、なんでもいいから必要なことをやって、今すぐそれをここへ出すんだ。さもないと、おれたちが別の方法でなんとかするしかなくなるぞ」

ルイスは状況を悟った。ハウザーの手から離れた。片手を床について体を支え、反対の手の指を二本、喉へ突っこんだ。指のまわりの喉が引きつった。胃が暴動を起こし、どろどろの食い物と胆汁を床に戻した。だが、カプセルは出てこなかった。もう一度やってみた。糸状の粘液と酸っぱい胃液が出てきた。洟水が垂れ、涙がこみあげてきた。吐こうとした。何も出てこない。もう一度やってみた。やはり出てこない。

「逆戻りできないところまで行っちまったようだな」とハウザーが言った。「おれたちもそうだ。ジミー、明かりをつけろよ」

緑色に光る蛍光灯が頭上でぴかぴかと点灯した。部屋の中央にテーブルが置かれているのがルイスの眼にはいった。両端に手枷がついている。もうひとつテーブルがあり、ナイフやメス、スマイルマークみたいに湾曲した骨切り用の鋸が載っていた。ゴム手袋とビニール袋もあった。流しからテーブルまでホースが延びているのが見えた。

手づくりの手術室だ。

「やべえ」ルイスは言い、弾かれたように立ちあがった。ハウザーが手首をつかんで床にねじ伏せた。ジミーが腕をルイスの首にまわした。ルイスはやみくもに抵抗した。すぐに力尽き、ぐったりとジミーの胸にもたれかかった。

「悪いな」とハウザーが言った。「ブツが出口から出てくるのを待ってるわけにゃいかないんだ。途中で出てきてもらわないと」

それを聞いて、ジミーはくつくつ笑いながらルイスの首から腕を離し、ナイフを入れるための場所を空けた。ルイスに最後にわかったのは、苦痛と飢えが体から去ったことで、その安らぎの一瞬のあと、無が訪れた……

27

ネイト
中華街

火がつきそうな天気。昔のニックはそれをそう呼んでいた。風向きが変わり、砂漠から乾いた暑い空気が吹きこんできて、あらゆるものから水分を奪い、世界が今にも燃えだしそうに思えるとき。ネイトはいつも不安になった。

ふたりはその銀行から半ブロック離れた路上に車を駐めていた。ただの偵察だった。今回の仕事はきちんとやりたかった。この頃は杜撰になり、ポリーの浮かれた熱狂が軽率さに拍車をかけるのを放置していた。今回はとことん冷静にやる必要があった。これで自由を購えるだけの現金が手にはいるのだ。ことによるとペルディードに行けるだけの金も。仕事にかかるまでにはポリーも怒りを解いているだろう。解いていなければ困る。

近くの屋台で果物売りがマンゴーとパイナップルを切っていた。ネイトはポリーにソーダを買ってやった。仲直りのプレゼント。ポリーは受け容れなかった。水滴のついた缶を、汗の浮いた額に押しつけはしたが、あけようとはしなかった。カップホルダーには新聞紙にくるんだ三八口径が挿してあった。

「音楽をかけたければ、かけてもいいぞ」そう言ってから、言わなければよかったと後悔した。なんでも譲歩するのはやめるべきだ。

「いい」とポリーは言った。口を丸くして窓に息を吐きかけ、そこに円をひとつ描いた。親指でちょんちょんと眼をつけ、口の代わりに横線を一本、真一文字に引いた。

まったく、このガキは。

中華街のこのあたりに中国人はいなかった。いるのは家賃の安さに引きよせられた芸術家や低予算映画の作り手だった。そしてそのあいだに、さもありふれた倉庫のように、その銀行があった。シャーロットの説明してくれたとおりに。

シャーロット。彼女のことを考えるだけで、ネイトの取りつくろった仮面がはがれ落ち、音とにおいと官能に満ちた記憶が立ち現われた。

「なんだろう?」ポリーの言葉でネイトは現実に引きもどされた。

べこべこのピックアップトラックが倉庫の前に停まった。運転席の男はサングラスをかけて、折れた鼻に副木をあてていたが、どこかで見た顔だった。腕に三本の青い稲妻を入れている。ポリーが先に気づいた。

「A・ロッドだ」そう言って、シートに深く身を沈めた。

「あの野球帽をかぶれ。早く」ネイトは言った。

ポリーは後部席に手を伸ばし、ドジャースの野球帽を取ってかぶった。サイドミラーで自分の姿を点検し、はみでた赤毛を帽子に押しこんだ。

「あそこで何してるの?」

男たちがトラックのテイルゲートをおろした。ふたりのいるところからでも、トラックの荷台をのぞくことができた。防水シートが見えた。それにビニールのシート。シャベル。何かの大きな袋。石灰だろう、とネイトは思った。簡便な死体処理キットだ。

「誰かを最後の旅に連れてこうとしてるんだ」ネイトは言った。

銀行の路地のドアがあいた。ふたりのスキンヘッドがひとりの若者を通りへ連れてきた。若者は〝助けてくれ〟という眼をしていた。髪はドレッドロックだった。ネイトはすぐにそいつが誰なのかわかった。

「もうひとりのほうじゃん」とポリーが言った。「スカビーだよ。協力してくれた。彼をどうするつもりかな？」

ネイトはポリーに自分で考えさせた。ポリーは頭のいい子だった。答えを出した。

「殺すつもりなんだ」

「逃げりゃよかったんだよ。せっかくおれたちがチャンスをやったのに」ネイトは言った。

「助けてあげなくちゃ」ポリーは言った。声がひび割れていた。

「いや、助けない」ネイトは言った。

「だめだめだめ。父さんなら止められる。あの人、あたしたちのせいで死ぬんだよ。あたしたちが協力させたから、だから殺されちゃうんだよ。そんなのだめでしょ。だめだってわかってるでしょ」

ネイトの手が痛んだ。ハンドルを握りしめていたのだ。

「ねえ、あの人を見殺しにはできないよ」

「おまえを守るためならできる。する」

「守られたくなんかない。こんなふうにして守られるなんていや」

「眼をつむれ。いいと言うまであけるな」

「眼なんて――」

「いいからつむれってんだ、この」

ポリーは両手で眼をおおった。ネイトはそれを見届けた。

読唇術などできなかった。できなくても、スカビーの言っていることはわかった。スカビーは眼で懇願していた。ネイトはスカビーをエイヴィスとトムの仲間に加えると誓った。スカビーの顔を、自分が闇の中で見たふたつの顔に加えると。自分が生き延びているせいで死んだふたりの顔に。スカビーになんらかの正義を約束した。すると頭の中で兄の幽霊が笑った。ニックはいんちきをかならず嗅ぎつけるのだ。

かちゃりと助手席のドアがあく音がした。見ると、ポリーがもう通りに出ていた。路地のほうへ走りだした。

あのばか。

ネイトは新聞紙をはたきのけて、その下に隠してあった拳銃をつかもうとした。だがつかんだのは、水滴の浮いたアルミ缶だった。銃はポリーが持っていた。あけていないソーダを代わりに置いていったのだ。

28

ポリー

中華街

助けてあげなきゃだめ。

そう命じているのはポリーの脳ではなかった。母親の声ではなかった。誰でもなかった。いま命じているのはポリー自身だった。もう誰も死なせるつもりはなかった。

汗がどっと噴き出した。密閉された車内ぐらい暑い日だった。ぱたぱたと通りを渡っていくと、一台の車がキキーッと急停止した。だがポリーはそちらを見もしなかった。誰かがポリーの知らない言葉で罵った。

助けてあげなきゃだめ。

手にした銃は信じられないほど重たかった。だがそれでも持っていた。ポリーは深呼吸をして路地へはいった。Ａ・ロッドはスカビーの肩に手をかけていた。銀行からスカビーを連れてきたふたりの男は、トラックのそばに立っていた。

「その人を放してあげて」ポリーは言った。だが、出てきた声はかすれていて言葉にならなかった。もう一度言った。まだかすれていたものの、こんどは聞こえたらしい。男たちはポリーを見た。みなそれぞれに、〝なんなんだよ？〟という顔をしていた。ポリーはＡ・ロッドに銃を向けた。銃は少ししか震えなかった。

「お願いだからその人を放してあげて」そう言ったとたん、自分が完全にしくじったのを悟った。銃を手にした人間がお願いなんかしたりしない。ポリーはきょときょとした。世界が震え、夕方の光が突然まぶしくなった。

「てめえ、ここで何してんだ？」Ａ・ロッドが銃などには目にはいらないかのように言い、あの狼みたいなへんてこな笑みを浮かべた。ポリーはこの男が大嫌いだった。〝撃つつもりがなければ、引き金には絶対に触るなよ〟父親がそう言うのが聞こえた。指が引き金にかかるのがわかった。脳があらゆるものを分類した。あらゆる音を。車の警笛。ヘリコプターの飛ぶ音。エンジンのうなり。十数台の車から流れてくる音楽。あらゆるにおいも。腐った野菜。車のオイル。古い尿。男たち全員の顔も。Ａ・ロッドの片手は背中にまわされている。スカビーの薄茶色の眼は、赤い蜘蛛の巣状の毛細血管でおおわれている。懇願でおおわれている。銀行の男のひとりは全身が刺青で汚れている。もうひとりは、まだ乾いていない刺青がふたつあるだけで、おびえた眼をしている。

ポリーの全身で筋肉が震え、引きつった。

「ガキをつかまえろ」とＡ・ロッドが言った。「構成員になれるぞ」

刺青だらけの男がポリーに近づいてきた。ポリーが銃など持っていないみたいに。ポリーなんか背中を丸めてうつむいた負け組の女の子でしかないみたいに。「だいじょうぶだって。撃ちやしねえよ」A・ロッドが言った。

ポリーは引き金を引いた。銃が手の中で跳ねた。銃は数秒で空になった。

29

ネイト

中華街／シルヴァーレイク／ノース・ハリウッド

ネイトは通りのむこうへ駆け出した。手にはソーダ缶を握っていた。路地からバンバンバンバンバンバンと銃声が聞こえてきた。路上で大きな悲鳴がいくつもあがった。路地の入口にたどりついたとき、ネイトは娘が倒れているのを眼にするはずだと確信していた。だとしたら自分もどのみちここで死ぬことになるのだと。

だが、ポリーは路地に三歩はいったところで、男たちに背を向けて立っていた。手にした三八口径から硝煙が漂っている。A・ロッドがネイトのほうを向いて立っていた。スカビーと新米らしい男は、片側の壁に背中を押しつけている。

刺青だらけの男が首に手を押しあてていた。まわりから血があふれている。ポリーの銃弾の一発がかすったのだ。男はポリーのほうへ近づいて、ポリーを地面に蹴りたおした。ばかでかい自分の銃をポリーの頭に向けた。

「おい！」とネイトは怒鳴り、ソーダ缶を速球のように投げつけた。缶は男の顔面に命中し、ソーダを噴き出して、しゅうしゅうと路地の奥へ転がった。男はつぶれた鼻を両手でおおい、尻もちをついた。ポリーにやられた首の傷が口をあけた。ばかでかい拳銃がアスファルトの上を滑ってきた。ネイトはポリーの前にはいり、そのばかでかい拳銃を拾った。そいつが見せかけでないことを祈った。

A・ロッドと新米のほうは路地の奥へ退いた。A・ロッドはごみ収集容器の陰に隠れ、新米はネイトに銃を向けた。その手が引き金を引こうとするように動いたが、銃はうんともすんともいわなかった。安全装置がかかっていることすらわからないのだ。新米は逃げだした。路地の反対側までたどりつき、そのまま姿を消した。

スカビーがA・ロッドの前を駆けぬけた。ネイトとポリーの脇をすりぬけて通りへ飛び出していった。A・ロッドがごみ収集容器の陰から立ちあがった。トラックの荷台にあった猟銃のようなものを手にしている。ネイトの頭のまわりで指を鳴らすような音がして、死がすぐそばをかすめていったのがわかった。ネイトはばかでかい銃をかまえた。延長弾倉が挿してあった。指が動くかぎりの速さでぶっ放した。響きわたる銃声。通りで悲鳴をあげるタイヤ。〝きゃあ〟という通行人たちの悲鳴。

ネイトはポリーの前に立った。自分が盾になれるというように、体で弾を阻止できるというように、背中でポリーを押しながら、あとずさりした。そして撃ちつづけた。A・ロッドをごみ収集容器の陰に釘づけにした。

ふたりは路地を出た。ネイトはポリーとともに走りだした。倉庫の入口にスキンヘッドどもが立ち、無言でネイトを見つめていた。ネイトはそいつらに銃を向けた。

街は不気味に静まりかえっていた。ぱたぱたとアスファルトをたたくふたりの足音が、やけに大きく聞こえた。遠くでサイレンが鳴りはじめた。ネイトはグリーンモンスターのほうを見た。スカビーがドアの横に立って待っていた。

「とっとと失せやがれ」とネイトは言い、銃をかまえた。スライドが後退したままロックしていた。弾を撃ちつくしたのだ。

「あいつらに殺されちまうよ」とスカビーは言った。

「連れてってくれ。頼むよ、おっさん」

言い争っている暇はなかった。ネイトはポリーを運転席のむこうへ押しやった。スカビーは後部席に飛びこんだ。乾いた小便の上にまた小便を漏らしたようなにおいがした。イグニションにキーを突っこんだ。エンジンがハリケーンなみの咆吼をあげた。足はすでにアクセルを踏みこんでいた。その轟きと狂気に、兄の幽霊が割りこんできた。

深呼吸だ、ネイト。

ネイトは深呼吸をした。急発進はしなかった。ゆっくりと通りに出た。首を伸ばしてお巡りの姿を探した。ヘリがいないか耳を澄ました。右へ曲がり、左へ曲がった。ポリーはひたすら許しを請うていた。謝っていた。泣いていた。見ると、顔の血に涙が縞模様を作っていた。

顔の血。

「なんだその血は?」心の中でネイトは、この宇宙の冷たく死んでいないあらゆるものに懇願した。**頼むから、おれを身代わりにしてくれ。この子の代わりにおれを。**

「え――」

「その血はどこから出てるんだ、ポリー？」

ネイトはポリーの顔に触れ、指についた血を見せた。ポリーの眼が円くなった。

「あたし、なんともないよ」ポリーは言った。

「触ってみろ。体じゅう触ってみろ。撃たれても気づかないことがある」

ポリーが体じゅうを触っているあいだに、ネイトは百一号線の進入ランプにはいった。ここまでは神々が微笑んでくれた。フリーウェイは順調に流れていた。ネイトはその流れにスムーズに乗った。

「なんともない」ポリーが改めて言った。こんどは自信があるように聞こえた。ネイトの筋肉がゆるんだ。体じゅうに噴き出してきた汗が蒸発して仕事を始めたのがわかった。ポリーの手を取った。ポリーはヘッドロックをかけるように熊を抱きかかえ、涙と洟水を袖でぬぐった。

とりあえず終わったのだ。**この子の代わりにおれを。**その温かい考えにぞっとした。**代わりにおれを。**

「あんなまね、どうかしてるぜ」後ろからスカビーが言った。スカビーがいることを忘れていた。

「どこへ行きたいんだ」とネイトは言った。「案内しろ」

スカビーの指示により、ネイトはシルヴァー・レイク大通りで百一号線をおりた。地下道はテント村になっていた。そこで暮らす連中は汚れた顔をして、ろくに食べていない。当人だけが知っている戦争の難民たちだ。

「ここでだいじょうぶなのか？」ネイトは訊いた。

「だいじょうぶ、だいじょうぶ」とスカビーは言った。

「なあに。あいつらには不意を衝かれたんだよ、嘘じゃねえ」

「こんど見かけたら殺すぞ」ネイトは言った。

「そういうクラブがあるんだ。毎週火曜に集会をやってると思うぜ」それからポリーにうなずいてみせた。

「またな、やんちゃ娘。はずしてくれて助かったよ」

スカビーはフェンスの破れ目をくぐり、テント村へはいっていった。熊がバイバイと手を振った。

ネイトはアパートの前に車を駐めたが、そのまま動かなかった。エンジンがかちかちと冷えていった。

「ごめんなさい、あんなことしちゃって」ポリーは言った。

「あのぼんくらを助けたいと思ったこと、それはいいことだ。だけど自分が死んでたかもしれないんだぞ。あの銃声を聞いたときには……」

「あたしが死んだと思った？　あたしが撃ってるとは思わなかった？」

「どう考えていいかわからなかった」

「でも、はずしちゃった」

「興奮してたからだ。ああいう小型の拳銃を撃つときには、興奮しちゃだめだ」

「こんどは落ちついて撃つ」ポリーは言った。

〝こんど〟はない。ネイトはそう言おうとしたが、その前に建物の横から不意に人影が現われた。グリーンモンスターのほうへやってくる。その間にネイトの頭に浮かんだのは、車にある銃はどれも空だということ、幕切れはこうもあっけないものなのか、ということだけだった。

30

シャーロット
ハンティントン・ビーチ／韓国人街／ノース・ハリウッド

そいつらが誘いにきたとき、シャーロットはすっかりくつろぎモードにはいっていた。〈エレクトリック・ウィザード〉の古いTシャツにボクサーパンツという格好。マジックマッシュルームの形をした茶色のガラスパイプと、そこに詰めた高級なインディカ種のマリファナ。ラムのダイエットソーダ割り。ひと袋のポテトチップス。一服キメて、コメディドラマを見ているうちに、泥のような眠りに落ちる。そんなつもりで、ちょうどパイプに火をつけたところだった。ガオー、ガオー、とドラゴンのまねをして煙を吐いた。ネイトにつかまれて赤くなった手首に触れた。ネイトのことを考えると、細胞がいっせいにざわついて、心地よい低いうなりが全身を駆けぬけた。車の後部席や、安モーテルでの密会。二重スパイをしているというスリル。彼女をディックに引きよせたものを、ネイトもたくさん持っていた。だが大きなちがいは、ネイトといると自己嫌悪に陥らないということだった。一緒にいると、良くも悪くも不安だったが、自分を嫌いにはならなかった。

ドアベルがそっと鳴らされた。だがシャーロットは、クラクションを鳴らされたようにぎょっとした。マリファナ酔いの被害妄想にすぎない。そう思いながら、裸足で玄関へ行った。〝鎖をかけておきなよ〟と自分の中の二重スパイの声がした。彼女は鎖をかけたままドアをあけた。キムというフェザーウッドが、ポーチに立って風船ガムを鳴らしていた。両頰に黒子のピアス。パンケーキを厚塗りにした瓦礫の肌。

「どうも」キムが言った。

「どうも」シャーロットは答えた。マリファナ酔いの被害妄想で肌が粟立った。キムが訪ねてきたことなどこれまでなかった。話をしたのはパーティか、砂浜か、あのへんてこな、ビールとホットドッグとホワイト・パワーのおしゃべりのゆうべしかない。キムについて知っていることを思い出そうとしたが、父親を憎んでいることと、十代の小娘みたいにメロンリキュールが好きなことしか憶えていなかった。

「ビーチでパーティがあるんだけど」キムは言った。

ばれてる。

シャーロットはキムの肩越しに、表の道に駐まっている車を見た。窓から煙とロカビリーが漂ってくる。中にいる男たちのぼやけた影。知った顔かどうかは判然としなかった。だが、自分がそいつらの視線を浴びているのはわかった。

「どうしようかな……」

「行こうよ」とキムは言った。「酒屋に寄ってから、ビーチへ繰り出すからさ」

ばれてる。

「今夜はもう寝てたみたいなもんだから」シャーロットは言った。言いながら、家のどこの窓があいていただろうかと考えた。どのくらいあればそれを全部閉められるだろうかと。そんなことでそいつらを阻止できればの話だったが。

「いいの？」キムはガムをぱちんと鳴らした。その眼は蜥蜴の眼のように無表情だった。

「うん」とシャーロットは答えた。

ぱちん。

ぱちん。

ぱちん。

「わかった」キムは〝ばれてるよ〟という笑みを浮か

べて言った。「じゃ、また」

「そうだね」とシャーロットは言い、ドアを閉めた。

ドアに寄りかかり、蹴とばされるのを待った。キッチンへ駆けこんで、スタンドから肉切りナイフを抜いた。廊下を走り、リビングへ行くと、アイスクリームが溶けていた。中にはいり、携帯をつかんで、急いで廊下へ戻った。浴室にはいり、ドアをぴしゃりと閉めると、そのドアがどれほどちゃちで薄っぺらか、はっきりわかった。ひと蹴りで、簡単にはずれる。浴槽にはいりこんだ。九、一、一、とボタンを押して、通話ボタンに親指をかけた。ナイフは反対の手に握りしめていた。そのまま数時間が過ぎた。闇の中でギッとかトンとか音がするたびに、ミサイルが着弾したみたいにその音が体内を駆けぬけた。朝の四時近く、マリファナとアドレナリンの効果がほぼ消えたころ、ひとつの計画を立てた。ナイフと携帯を両手にかまえて浴室を出た。バッグに荷物を詰め、夜の闇の中に出た。車までダッシュした。やつらが襲ってくるのを待った。だが、来なかった。

ロサンジェルスへ車を走らせた。人通りの絶えた街は普段よりずっと親密に見えた。韓国人街で終夜営業の食堂を見つけた。クラブウェアを着た二十代の韓国系の若者たちに交じって、ビーフスープを食べた。ヴァレーまで行き、一本の横町を見つけて車内で眠った。ネイトと一緒に過ごした晩にもらった住所に行ってみたら、ふたりは留守だった。ふたりの帰りを待った。ちょうど夕闇がおりたころ、ネイトの車が戻ってきた。車の窓に近づいていくと、女の子は助手席に座っていて、ネイトは彼女に拳銃を向けていた。女の子は助手席に座っていて、顔に血がついていた。

31

ポリー

ノース・ハリウッド

空気はスープだ。だから飛行機は空を泳いでいけるのだ。シャーロットが家に来てからというもの、その空気のスープがどろどろに煮つまり、ゼリーに近くなっていた。

ポリーと父親はあいかわらず毎朝トレーニングをした。だが、それはもう以前とはちがった。シャーロットが見ていた。ポリーは彼女の視線を意識した。パンチははずれるようになり、絞め技もいまひとつ甘くなった。

だめになったんだ。

父親は自分の部屋をシャーロットに使わせるために、カウチに自分の寝床を作った。見えすいたまやかしだ。ふたりが交わすひと言ひと言に、ポリーは言外の意味があるのを感じた。おおよその見当はつくけれど、完全には理解できない意味が。

シャーロットはポリーから距離を置いた。子供にどう対応していいかわからないときに大人が見せる、あのわざとらしい大きな笑みを浮かべた。小さな耳にはよく聞こえないというように、やたらと大きな声で話しかけた。

夜になっても狩りにはもう行かなかった。持ち帰りの夕食を食べた。チビのティムのバックパックにはいっていたお金で、数カ月は楽に暮らしていけた。

「だけど、お金の問題じゃないでしょ」狩りに出なくなって二日目の夜、ポリーは言った。シャーロットはいつもどおり延々とシャワーにはいっていた。「あいつらを諦めさせるためだって、自分で言ったじゃん」

「計画を変更するときだ」父親は言った。

「シャーロットのせい?」

「ちがう。中華街のせいだ」

「あんなこと二度としない。あたし、もう約束したじゃん。ごめんなさいって言ったじゃん」

父親はいつものあの、〝おれは大人でおまえは子供だ〟という顔でポリーを見た。そういう顔をされると、ポリーは叫びだしたくなった。

「戦術を変更するときだ」と父親は言った。「いちばん最初のころにおまえ、クレイジー・クレイグが〈アーリアン・スティール〉の総長で、クレイグがおれたちに死んでほしがってるのなら、クレイグを総長じゃなくせばいいと、そう言ったよな。憶えてるか?」

「憶えてるかも」

「それについちゃ、おまえが正しくて、おれがまちがってた。このまま小さな傷でやつらを失血させようとしつづけるのはむりだ。二度とおまえを銃火にさらすわけにいかないからな」

「でも、あたし——」

「だめなんだ」〝これ以上言い張るな〟という眼で父親は言った。

「じゃ、どうするの? もうペルディードに行くの?」

「ペルディードがほんとにあるのかどうかも、おれにはわからない。ただの夢だってこともありうる」

「調べればいいじゃん」ポリーは言った。

「おれはこれから行くところがある。おまえは行けないところだ」

「約束したじゃん、いつも一緒だって。約束したじゃん」

「行くのはただのバーだ。子供ははいれない。それだけのことだ」

「じゃ、中にははいらない。毛布の下に隠れてる」

「いいだろう」

「だって約束したんだから。ふたりでひとつのチームだって約束したんだから」

しばらくのあいだ、ふたりのあいだにあるものといえば、シャワーのホワイトノイズと、どろどろの重たい空気だけだった。

「ああ。約束したな」父親は言った。

心からそう言っているのはわかったが、ほかにも何かがあるのがわかった。もっと深い嘘が、その奥にひそんでいるのが。

32

ネイト
ウォルナット・パーク／フロッグタウン

〈デュー・ドロップ〉の入口へ歩きながら、ネイトは拳銃使いたちの死にざまについて考えた。ビリー・ザ・キッド、ワイルド・ビル・ヒコック、ジェシー・ジェイムズ。この三人の悪党はみな、死がやってくるのを知らずに死んだ。ワイルド・ビルはカードをやっている最中に頭を撃たれた。ジェシー・ジェイムズは壁のほうを向いて絵をまっすぐに直しているときに撃たれた。ビリー・ザ・キッドは暗闇で相手に〝誰だ？〟と訊きながら射殺された。これが拳銃使いの死にざまだ。現実の人生では対決の機会などあたえられない。現実の人生では後ろから頭に弾を撃ちこまれる。〈デュー・ドロップ〉のような店では。

代わりにおれを。

ネイトは店にはいった。

〈デュー・ドロップ〉はカウボーイ・バーだった。といっても、ばかげた帽子やカントリーミュージックはない。鉄砲玉。殺し屋。そういうカウボーイだ。ニックはこういう店を、その筋(イン・ザ・ライフ)の店という意味で、ライフ・バーと呼んでいた。経営者はたいていムショ帰りの前科者だった。自身はもはやその筋の人間ではないが、そういう連中を知っていて、コネをつけられる男たちだ。

窓には格子がはまっていた。店内は薄暗く、明かりは二個の電球と、ふたつのネオンサインだけ。撞球台は無数のブレイクショットで真ん中がすり切れて、道筋ができている。染みついた煙草のにおいが、二十年にわたる喫煙禁止でもこすり落とせずに残っていた。

この店は〈ラ・エメ〉のものだった。カウンターの中の男は典型的な元カウボーイだった。メキシコ版の。両腕には刑務所で入れた灰色の色褪せた刺青。深い皺の刻まれた顔と、一度は狩られたことのある男の眼をしている。あの眼は絶対に変わらないな、とネイトは思った。一度狩られたら、二度と安心はできない。

ネイトは同情した。戦争がその男を永遠に変えてしまったのがわかった。すっかり疲れはてていた。切れ切れにしか眠れず、夜中に小さな物音がするだけで、顔に水をぶっかけられたみたいに眼が覚める。枕の下には銃。わずかしか眠れないので、起きている時間にまで夢が侵入してくるようになる。些細な形で。たとえば眼の隅で何かが動くのだが、そちらを見ると誰もいないとか。音が聞こえることもある。誰かに自分の名前を呼ばれているとか。頭がいかれたわけじゃない、疲れているだけだ。そう思うが、確信は持てない。持てるはずがない。

　ネイトはカウンター席に座った。元カウボーイがやってきた。

「なんにする？」

「とりあえずビール。なんでもいいから安いやつを」

　老バーテンは氷から瓶を一本抜き出した。ネイトは代金として二十ドル札を押し出した。

「釣りは取っといてくれ」

「グラシアス」と老人は言い、札をポケットに入れた。

「出てきたばかりか？」

「スーザンヴィルだ」

　老バーテンの視線がネイトの上で踊った。

「おれもちょっといたことがある。おたくはどこにいた？」

「Bの七十一」

「あそこは地獄みたいに暑かっただろ」

「凍りつくみたいに寒くないときはな」

　バーテンは〝そのとおり〟というようにうなずいた。まるで合言葉の交換のように思えた。

「名前は？」

　ネイトはポケットに手を突っこみ、〝これがおれの名前だ〟というように千ドル札をカウンターのむこうへ押し出した。

「誰か構成員（カルナレス）と話がしたい。てっぺんに近い人間が必要なんだ。〈ラ・エメ〉からの裁定をもらえる人間が」

　バーテンは札に手をつけなかった。

「もうちょい情報が必要になる」

「リストに載せたいやつがいる」とネイトは言った。「中にいるやつで、大物だ。とりあえず今はそれしか言えない」

　バーテンはネイトをじっくりと見つめた。ネイトは見させておいた。強面（こわもて）に見せる必要はない。自分がどこにいたかを考えるだけでいい。あとは眼がやってくれる。

　バーテンはカウンターの金を取った。ネイトの眼は試験に合格したのだ。

「あしたの今ごろ。誰か用意しといてやる」

　ネイトが車のエンジンをかけると、後部席の毛布の下からポリーと熊が顔を出した。

「見つかった?」

「かもな。あしたもう一度来ることになってる」ネイトは言った。

「うまくいくと思う?」

「ああ」嘘だった。

　しばらく車を走らせながら、ネイトはそれについて頭の中であれこれ考えた。ポリーはダッシュボードをドラムスのようにたたいた。熊にパンチの練習をさせた。その姿を見ると、喉に心臓が迫りあがってきた。

　代わりにおれを。

　ネイトは笑いたくなった。なんというでたらめな人生か。生きる目的を見つけたと思ったら、とたんにこんどは死ぬ目的まで見つけてしまうとは。だが最終的には、これは悪くない交換だろう。そう思った。

　三日間毎日、結果を確認しにいった。老バーテンは待てと言うだけだった。ネイトは待った。ポリーとトレーニングをした。シャーロットがポリーと仲良くなろうとするのを見守った。自分がシャーロットに求めている役割に、はたしてふさわしい存在になってくれるだろうかと。

　三日目の晩、夕食後の三人はあいかわらず家にいた。テレビではドジャースの試合。ポリーは床に座り、できるだけシャーロットから距離を置きながらも、同じ部屋にいた。熊の脚を曲げてあぐらを組ませた。

「何してるの、その子?」シャーロットが訊いた。ポリーは彼女をじろりとにらんだ。シャーロットはその視線を受けとめた。

「ねえ、何してるの？」

「瞑想してるの」ポリーは言った。いつものあの、〝どうせばかにするつもりでしょ〟という口調だった。

ネイトは口をはさみかけた。シャーロットがポリーとの溝をますます深めてしまうのではないかと思ったのだ。

「すごいじゃん」とシャーロットは言った。「えらい熊なんだね」

ポリーは熊の両手を上に向けて膝に置いた。行者のポーズ完成。

「ニンジャなんだよ」ポリーは言った。

熊は〝しいっ〟というように片手を鼻面にあてた。

「ほんと。刺客みたいな？」シャーロットは訊いた。

「この子はいいニンジャ」

「いいニンジャって？」

「使命があるの。あたしたちが寝てる夜とか。子供の泣き声が聞こえたりすると、弓矢を取って、その子の口にアイスクリームをひゅうって射こんだりするの。それがいいニンジャ」

シャーロットは笑った。

「それは初耳だな」ネイトは言った。

「一度も訊かなかったじゃん」とポリーは言い、シャーロットと眼を見交わした。それを見てネイトは、何かがぴたりとはまって、しっかりと噛み合ったように感じた。

これで充分なのかもしれない。

四日目、バーテンはネイトの前にビールを置いて、ひとつうなずいた。ネイトはすぐに、そのうなずきが自分に向けられたものではないのに気づいた。それは合図だった。背後で足音がした。銃弾を食らうのだとしたら、自分はそれを感じるだろうか。

ひとりの男が隣の席に座った。白のランニングシャツから、二の腕に入れた黒い手の刺青が、これ見よがしにのぞいている。死ぬまで〈ラ・エメ〉だという印だ。男の眼も同じだった。

「おれたちを探してるって？」無数の煙草の灰をくぐりぬけてきた声。

「ああ。頼みたい仕事がある」

「そりゃいいが、ワン公。おまえはその仕事を自分でやりそうなタイプに見えるがな、そうだろ？」

「おれの名前はネイト・マクラスキーだ」男の表情は変わらなかった。ネイトが何者かすでに知っているのだ。「リストに載せたいやつがいる。中にいるんだ。大物だ」

「ビール代を払え」と男は言った。「ちょいと出かけるぞ、おれとおまえで」

「娘が車にいるんだ」ネイトは言った。

男はにやりとした。

「それは語り草になってる。おれの名前はチャト。娘も連れていけ。おふくろの名にかけて、その子は安全だ。行き先はフロッグタウン。評議会がおまえを待ってる」

ネイトは男の器を推しはかった。今は信用するほかなかった。チャトが母親を愛していることを願った。

二台の車は街を走りぬけた。チャトは飛ばした。ついていくためにネイトは赤信号を何度も突っ切った。神経がぴりぴりした。お巡り恐怖症がレッドゾーンにはいった。ポリーは助手席に座って、通りすぎていく世界をながめていた。彼女は野火のようにぐんぐん成長していた。まるで世界のほかのものより速く時間を移動しているようだった。

ロサンジェルス川と呼ばれる大きなコンクリート峡谷のほとりに車を駐めた。遠くにスモッグで霞むダウンタウンのビル群がそびえていた。ポリーは手から熊をぶらさげて歩いた。チャトは団地の中庭にはいり、ネイトとポリーも二歩後ろからそれに続いた。十数棟の集合住宅が中庭を囲んでいたが、生活音はいっさいしなかった。料理のにおいも、音楽も。子供たちの遊ぶ声もしない。そこは団地ではなかった。要塞だった。三人はポリーと大して歳の変わらないふたりのちびっ子ギャングの前を通りすぎた。ふたりはネイトにガンを飛ばしてきた。ネイトは相手にしなかった。だが、ポリーの手にした熊はちがった。ふたりに手を振った。そいつらは当惑した。ワルぶった眼つきが消えた。ネイトは笑った。そこで拳銃使いの死にざまを思い出し、笑いを中断した。

団地には集会所が付属していた。その外に、ふたりの若いカルナレスがいた。そいつらのガンの飛ばしかたは、その前のふたり組よりはるかにうまかった。チャトは集会所のドアをあけた。マリファナの煙とこぼれたビール、汗と火薬のにおいが鼻をついた。室内に誰もいなければ、おれは死ぬんだ。ネイトはそう思ったが、とにかく中にはいった。

室内には〈ラ・エメ〉の兵士が勢ぞろいしていた。みな年季がはいっていた。古強者だ。斑に残る刃物傷と弾傷。両拳でふたつの単語ができるよう、指の背に彫った文字。LOVE／HATE（愛・憎）、FIST／FUCK（フィスト・ファック）、IRON／WILL（鉄の意志）。みなムショ時代の筋肉を保っている。この人殺しどもを見て、ネイトは緊張を解いた。そいつらはネイトの話を聞こうとしていた。ということは、ネイトはまだ生きられるということだった。少なくともあと五分は。

全員の中央にいる男が紛れもない王の力を発散していた。エル・オンブレその人。拳闘士（ボクセル）リオスだ。ネイトも噂は聞いていた。塀のこちら側で最大の〈ラ・エメ〉の兵士。アステカの軍（いくさ）の神々が乗り移った男。血まみれの心臓を高く掲げた戦士たちが。傷だらけの両拳に彫ってある文字は、STAY／DOWN（ダウンしていろ）。インクは古そうだった。ボクセルがこのスタイルの創始者なのだ。彼はネイトをじっと見つめた。まなざしはぞっとするほど恐ろしく、眼の奥には空虚しかなかった。

「じゃ、おまえが〈スティール〉をいらつかせてるわけか」とボクセルは言った。喉を切られてかすれた声。「おまえとその娘っ子(チカ)が。おまえは強盗か、チカ？」

「そうだぜ(ガッデム・ライト)」とポリーは言った。熊も〝うん〟というようにうなずいた。いならぶカルナレスたちが笑った。

「なかなかのワルだ。おまえら、ホワイトボーイの商売にずいぶんと痛手をあたえてるそうだな」

「あれを渡してこい」とネイトはポリーに言った。ポリーはボクセルのほうへ歩いていきながら、バックパックから煉瓦大の札束をひとつ取り出した。ボクセルはポリーがネイトの横へ戻るあいだに、それを眼でざっと数えた。

「五千てところか。これで何を買おうってんだ？」

「おれの命と、娘の命」

「それはおれがあたえられるもんじゃねえ」とボクセルは言った。「おまえらへの青信号、それはあくまでホワイトボーイの問題だ」

「それはわかってる」とネイトは言った。「おれはあんたらに、おれが手を出せない人間に手を出してほしいんだ」

　ボクセルはカルナレスのひとりにうなずいた。そいつらは札束をしまった。

「じゃ、誰かをリストに載してほしいわけか。そいつが誰なのか教えてくれるんだろうな」

「クレイジー・クレイグ・ホリントンだ」

　ボクセルは〝このいかれたホワイトボーイめ〟というように、にやりとした。

「こともなげに言ってくれるな」

「おれには手が出せない。あんたらにはできる。五千で足りなければ、いくら欲しいか言ってくれ」

　最後の切り札は取っておいた。むこうがかならず引き受けるはずの切り札は。その札は切りたくなかったが、やむをえなければ切るつもりだった。

「おれの考えじゃ、〈アーリアン・スティール〉の総長を始末するとなりゃ、売り手が圧倒的に有利になると思うんだがな」ボクセルは言った。

「巷の噂じゃ、あんたらと〈スティール〉は冷戦状態にある。連中はあんたらの商売に、ちょっとばかり不愉快なほど食いこんできてるとか。次の総長なら、もう少しあんたらに友好的になるかもしれないぞ」

「白人（ガバチョ）の拳銃強盗なんぞに、おれが〈ラ・エメ〉の商売を教えてもらう必要があると思ってんのか？　身の程をわきまえろよ、三下」

「クレイジー・クレイグの値段を言ってくれ。いくらでもいい。おれに払える額なら払う」

「こっちに言わせりゃ、今の額でできるのは、おまえらをここから帰してやることぐらいだ。〈スティール〉に引き渡さねえでやることぐらいだよ。あの金じゃそれしか買えねえな。おまえもそのワルの娘っ子も、おれの欲しいもんは何も持ってねえ」

　ではしかたない。最後の切り札だ。

「ひとつ持ってるものがある」ネイトは言った。

「なんだ？」

　ネイトはボクセルのほうへ歩いていった。ポリーもついてこようとした。ネイトは〝そこにいろ〟と手で合図した。ポリーは言われたとおりにした。ネイトはボクセルに近づいた。申し出をそっとボクセルに耳うちした。

「大したもんだ」とボクセルは言った。「おまえにはタマがある。だが、おれはパスする。でかすぎるぜ、三下。でかすぎる」

　ネイトは世界が崩れるのを感じた。手持ちの弾はこれだけだった。パスさせるわけにはいかなかった。

「考えてみてくれ――」とネイトは言ったが、ボクセルにさえぎられた。

言ったろ、おれにゲームのやりかたを指図するんじゃねえ。娘を連れて、とっとと――」

「いいね、その刺青」ポリーが言った。ネイトは跳びあがりそうになった。ボクセルは〝あ？〟というようにポリーを見た。ポリーは玉座に歩いていった。ネイトは驚きのあまり、手遅れになるまで、止めることさえ思いつかなかった。ポリーはボクセルの胸を指さした。心臓の上を。「〝グラシアス・マードレ〟って〝ありがとう、母さん〟って意味だよね？」

「ああ、そのとおりだ、チカ」

ボクセルの胸の言葉の下に、女の顔が描かれていた。眼にひと粒の涙を浮かべている。ポリーは手を伸ばしてその絵に触れた。

「あたしの母さんはクレイジー・クレイグに殺された」涙が声を濡らした。「誰にも、なんにもしなかったのに、殺された。あたしの母さんだったのに」

カルナレスたちは〝おいおい〟という視線を交わした。〝大した度胸だ〟という視線を。ボクセルはSTAY／DOWNと彫られた両手を伸ばして、ポリーの顎をつかんだ。西瓜色の髪をくしゃくしゃにした。それからうなずいた。

「なんとかなるかもしれねえよ、チカ。なんとかなるかもしれねえ。だが、おれひとりにはでかすぎる。電話をかけなけりゃならねえ。中におうかがいを立てなけりゃ。だが、なんとかなるかもしれねえ」

ポリーはネイトのほうをふり返った。そしてほんの一瞬、ネイトにだけ見えるように、表情を作ってみせた。〝へっへー〟とその顔は言った。〝だましてやったよ〟と。

ポリーをこれほど恐ろしいと思ったことはなかった。

33

パク
ロンポク

パクは刑務所が嫌いだった。

刑務所というのは、人糞と腋の下みたいなにおいがする。狂人の頭の中みたいな音がする。照明はつねに明るすぎるか、暗すぎるかだ。

パクは受刑囚からの情報も嫌いだった。

受刑囚からの情報にはかならず狙いがある。かならずいろいろな理由がついている。真実と正義への愛は絶対にそこにふくまれない。しかし、だからといってでたらめだというわけでもない。そこが厄介なところだ。全部でたらめなら、無視してかまわないのだが。

ポリー・マクラスキーと電話で話してからの二カ月で、パクの暮らしは生彩を失い、どんよりしていた。手がかりはどんどん消えていた。パクはできるかぎりのことをつかんだ。グラウンド・チャック・ホリントンの殺害に端を発する〈アーリアン・スティール〉の青信号について。スーザンヴィルの奴隷坊やを見つけさえした。その坊やが、予定されていたネイト襲撃の前夜に、ネイトに急を知らせたのだ。クレイジー・クレイグはひとつミスを犯していた。ネイトとその家族を襲うのを、ネイトの釈放当日にさせたがったのだ。狂人の皮肉のようなものだ。この坊やは、〈スティール〉の取り巻きだったが、ネイトにそれをこっそり知らせた。「あの人はおれをいじめなかった」というのが、坊やのあげられた唯一の理由だった。

ネイトがどこにいたのかは、パクも突きとめることができた。だが、今どこにいるのかは、依然としてさっぱりわからなかった。マスコミは二週目には関心を失っていた。ハリウッドヒルズの自宅プールに浮かんだまま死んでいた売り出し中の女優が、話題をさらっていた。メディアというのは生き物であり、美しい死者を糧にする。ポリーは忘れ去られた。パクはほかにも事件を抱えた。興奮を持続させられなかった。どうすればそれを取りもどせるのか悩んでいた。

ところが、二日前のこと。ミラーがひとつの情報を取り次いでよこした。ロンポクに服役中のディック・カーライルという〈アーリアン・スティール〉の幹部が、パクと話したがっているというのだ。これは注目に値した。ディック・カーライルはこれまで密告をしたことのない大物だったからだ。頭の中に亡霊たちがよみがえってきた。パクは海岸沿いに北へ車を走らせながら、この興奮は無視しろと自分に言い聞かせた。もうのめりこむんじゃないと。

ディック・カーライルはロンポクの取調室にわがもの顔で座っていた。股をおっ広げて、タマをたっぷりと風にあてている。その眼は、思わず手を尻にまわして財布があるのを確かめたくなる眼だった。〝ばかめ〟という薄ら笑いを浮かべていた。

「おまえが協力してくれたら、おれも協力してやる」パクは腰をおろしながら言った。単純にいこう。「まず知っときたいのは、おまえがおれから何を望んでるかだ」

「頼みがあるんだが、内容はあとで言う」ディックは言った。とり澄ましたその口調は、パクにこう警告していた。このディックというやつは監房棟を操る名人だ。本当の狙いは別の狙いの内に隠しているぞ。

「頼むのはいいが、おれを抱きこもうとするのはよせよ」

「おれは良き市民になろうとしてるだけさ」ディックは言った。嘘もここまで見え透いていると、いっそ正直だった。

パクはネイトの写真を見せた。

「この男を知ってるか？」

「あんた、そいつが元女房を殺したと考えてんだろ？」

「いや」とパクは言った。「おれはおまえらがやったと考えている」

ディックはうまく驚きを隠したものの、充分には隠しきれなかった。

「だけど、あんたはそいつを捜してる」

「誘拐はいまだに犯罪だ」パクは言った。

「おれはただ、この情報が時間のむだにならねえようにしてえだけだ」ディックは言った。これが狙いだな、とパクは気づいた。少なくとも最初のひとつだ。

「おまえはこの男を塀の中に入れたいんだろう。そうすりゃこいつに手を出せるからな」パクは言った。

「だったら？」

「だったら、おれは〈アーリアン・スティール〉の御用聞きじゃない」

「じゃ、どうすんだ、捜すのをやめんのか？」

パクは立ちあがった。

「わたしチュゴクジン、コーク飲むアル」ディックはそう言って、眼の隅を吊りあげてみせ、ぶははと笑った。

パクはこれまで人を傷つけたことはなかった。傷つけようとしたことも。だから、どこから始めていいかわからなかった。迷っているうちに、きっかけをのがしてしまった。ディックはパクが裸であるかのようにそれを見抜いた。眼で盛大にパクを犯した。

「自分でできねえなら、誰か看守を呼んでこいよ」ディックはあの薄ら笑いとともに言った。「あいつらなら、おれたちをいくらでも平気でぶん殴るぜ」

パクはテーブルをつかんだ。拳の関節が浮きあがった。鍋が煮こぼれるのをこらえた。

「さっさと情報を教えろ」

「そいつはLAにいるという噂だ」とディックは言った。「〈スティール〉の商売をあちこちで襲ってるらしい。すでに相当のブツを奪ってる。大量のクランク。大量の上納金。今じゃえげつない金持ちだが、まだ続けてる。御大自身が青信号を解除するまで、やめねえとぬかしてる」

「ガセネタっぽいな」

「中華街の撃ち合い事件を調べてみろ。あんたの捜してるネイトが、ぶっ放しながら逃げたらしいぞ。あいつは社会の脅威だ。あいつも、娘も」

「あいつを見つけるのに、その噂がどう役に立つんだ？」

「女がいる」とディックは言った。「シャーロット・ガードナーという女だ。そいつがふたりと親しくなってる。その女を見つけりゃ、ふたりを見つけられる」

帰りぎわにパクは刑務所のオフィスに立ちより、ディックの面会許可者リストを見せてもらった。思ったとおりのものが見つかった。シャーロット・ガードナーは定期的にディックに面会に来ていたが、二週間前からふっつりと来なくなっていた。これがディックの狙いにちがいない。女への復讐だ。パクは少し元気になった。先へ進めるような気がしてきた。興奮を感じてもいいことにした。

はやる心を抑えた。これは使える情報だった。〈スティール〉の狙いはこれでわかった。こんどは自分の狙いをはっきりさせる番だった。

34

ボクセル
フロッグタウン

ゲームのやりかたをおれに指図するんじゃねえ。ボクセルはあのいかれたホワイトボーイにそう言った。それは本心だった。ボクセルは早指しチェスが好きだった。塀の中で憶えたのだ。あのホワイトボーイがボクセルの耳元に体をかがめて、〈ラ・エメ〉が娘の面倒を見てくれるなら、自分はボクセルと〈ラ・エメ〉の望む相手を誰でも殺す、たとえアメリカ大統領でも撃ち殺し、笑って死ぬ、とささやいたとき、ボクセルのチェス脳が盤上を跳ねまわった。そしてハングツリーに着地した。

カリフォルニア州ハングツリー。国境のすぐ北側の高地砂漠。伝説の場所。メタンフェタミン製造所の毒気と蜃気楼の揺らめきが混じり合うところ。かつてシナロア・カルテルはなんの問題もなくハングツリーを経由してブツを運んでいた。ところがボスが交代した。ハウザーという保安官が王位についた。ハウザーはホワイトボーイに共鳴していた。法と秩序について自分なりの考えを持っていた。メタンフェタミンの調理師たちを集めた。そいつらに砂漠の一角をあたえた。砂漠の中にコンクリート板だけが残る陸軍基地の跡だ。調理師たちはそこで仕事を始めた。ハウザーは砂漠のメタンフェタミン王になった。カルテルの荷は見つけしだいすべて奪った。ハウザーと、ジミーという保安官補が。噂によればジミーは、ドラッグを奪うと、カルナレスたちを地元の留置場には入れず、実験台にするのを好むという。幸運にも生き延びたやつらはこう語った。ジミーはやばいドラッグのカクテルを調合している。マインドコントロールについて一家言あり、狂人の眼をしている。

たいていの場合、ハウザーはドラッグを奪うだけで彼らを釈放する。なんといっても、やつにはバッジがある。そのバッジがやつを無敵にしている。だからおおかたのカルテルの運び屋は釈放する。だが、全員ではない。ボクセルはハウザーが砂漠に死体を捨てているのを知っていた。ハングツリー近辺のコヨーテは人肉の味を憶えている。〈ラ・エメ〉の肉で太っている。その肉に隠れた鹿玉で歯を痛めている。

〈ラ・エメ〉はハウザーの死を望んでいた。だが、砂漠で白人のお巡りを殺すのは身の破滅になりかねない。茶色の殺し屋がアメリカ人のお巡りを消すなんてまねをしたら、最後には米軍の阻止攻撃を招く恐れすらある。海軍の対テロ特殊部隊〈チーム6〉がシナロアに乗りこんでくる。ハウザーもそれは承知のうえだった。だからやつは無敵だった。怖いものなしだった。

数カ月前ハウザーはルイスという運び屋をつかまえた。ルイスの死体は砂漠で見つかった。内臓を抜かれていた。やつらは胃の中にある風船を取り出すだけのために腹を割いたのだ。

ルイスはボクセルの従弟だった。ハングツリー郊外で死体が見つかったとき、ボクセルは怒り狂った。ハウザーを殺す空想ばかりした。それをじっくりと考えるようになった。そのチェスを最後まで指すようになった。だが、そのたびに負けた。〈ラ・エメ〉が白人警官の殺害に承認をあたえるはずがなかった。やがてボクセルは、世の中には手を出せない人間がいるのだという考えと折り合いをつけるようになった。

そこへあのいかれたホワイトボーイが転がりこんできた。なんでもやりますと言って。それからあのタフな娘が自分の傷を見せた。それがボクセルの心の傷口をふたたびひらき、ボクセルは〝やってやろうじゃねえか〟という気になったのだ。ハウザーに手を出せないなんて考えはくそ食らえだ。手を出せないやつなんぞいない。ジョン・F・ケネディを暗殺できたのなら、ちんけな悪徳保安官を始末するくらい、あのホワイトボーイにだってできるだろう。ホワイトボーイの白さが鍵だ。まずいことになっても、〈ラ・エメ〉のせいにはされない。あのホワイトボーイの狂気のせいにされる。たとえ生きてつかまっても、あいつがしゃべる気づかいはない。数時間以内に〈スティール〉に処刑されるはずだ。

　ボクセルは何本か電話をかけた。暗号文が、ペリカン・ベイに服役中の総長(エル・プレシデンテ)に計画を伝えた。総長はボクセルの論理を理解した。自分たちの手を汚さないところが気にいり、高地砂漠の保安官に青信号を点した。いかれたホワイトボーイを差し向けろと命じた。〈アーリアン・スティール〉の総長を殺すのは、少なくとも短期的には商売に障るだろう。だが、こちらが対価を支払う必要があるのは、あのホワイトボーイが生き延びた場合だけだ。あいつが死んだら支払わなくていい。クレイジー・クレイグは生き延び、その女の子への青信号も継続することになる。その点だけがボクセルは気にいらなかった。だが、それは純然たる商売上の要求だと割りきった。

　ボクセルはもう一度そのホワイトボーイを話し合いに呼んだ。ただしこんどはひとりで会った。ホワイトボーイに決定を伝えた。ある保安官を、当人の汚れた王国のど真ん中で暗殺してもらいたいと。それをいかれたホワイトボーイに直接伝えた。ホワイトボーイは平然とした表情を保った。不安は喉にしか見て取れなかった。ごくりと上下しただけだった。

　いかれたホワイトボーイは、それほどいかれていなかった。警官殺しから生還することなどありえないのを承知していた。自分の支払う代償がわかっていた。眼がやけにきらきらし、やけに潤んでいた。返ってくる声は力強かった。かすれてはいなかった。

「やるよ」いかれたホワイトボーイはそう答えた。

35

ネイト
韓国人街／ノース・ハリウッド

最後のひと晩。もうそれしか望めないのだ。楽しいものにしよう。

ポリーはネイトがボクセルに会ったことを知らなかった。ネイトが支払うことになった代償を知らなかった。シャーロットは自分が何を頼まれることになるのか、まだ知らなかった。ふたりとも、ネイトが今夜出ていくことを知らなかった。

ネイトは韓国焼肉を食べにふたりを連れていった。三人ともテーブルの真ん中の鉄板が気にいった。そこでじゅうじゅうと肉きれを焼いた。焼けた肉をレタスの葉にくるんだ。キムチは気にいらなかった。ポリーは箸でそれをつついた。においを嗅いでみた。「いらない」と言った。ポリーは肉を食べた。レタスでくるんだ肉を辛いソースにつけた。顎を油でべとべとにして笑った。

シャーロットも笑った。テーブルの下でネイトの脚をなでて、微笑んだ。ネイトのほうへ身を傾けてささやいた。「これいいね」

人生を永遠に止められるなら、今この瞬間で止めたかった。だがもちろん、止められなかった。

帰宅して、肉漬けになったポリーがとうに眠ってしまったあと、ネイトはシャーロットの汗に濡れた髪のにおいを後ろから吸いこみつつ、汗ばんだたがいの肌を密着させて、暗黙のリズムに合わせて体を動かしていた。誰かを大切に思いながらも、その相手を利用するなんてまねが、よくもできるもんだ。そういうものなのだろうか。そんなことを考えたが、そこでシャーロットが手を伸ばしてきて首に爪を立てたので、しばらく何も考えられなくなった。

そのあと、闇と静けさの中で、ネイトは自分がしなければならないこと、シャーロットにしてほしいこと、それをシャーロットに伝えた。彼女は反論しようとしなかった。顔をすり寄せてネイトの汗のにおいを嗅いだ。いつ出かけるの、と訊いた。

「今夜だ」とネイトは言った。「やってくれるか？」

「やる」シャーロットは答えた。

ふたりは猫のように静かに家の中を歩いた。ネイトは荷物をバッグに詰めた。現金をひと握り持った。あとはふたりに残した。シャーロットは深々とキスをした。

ポリーは熊と鼻を突き合わせて眠っていた。ネイトは暗がりに立ってそれを見つめた。肉に食いこんだ鉤のようなものに、体を引き裂かれるような気がした。

　グリーンモンスターに乗りこむと、高地砂漠を目指して走り去った。

第三部

歩くゾンビ
——
高地砂漠

ポリーが大切に思う人たちはもう誰もいなかった。父親に捨てられるのはわかっていなければいけなかった。父親を信じていた自分がばかだった。知能指数も読書も関係ない。要するに自分は、ばかのばかの大ばかだった。自分たちを家族だと思いこんでいたのだから。

シャーロットはハンドルをきつく握りしめて車を走らせており、ポリーが以前にやっていたように、爪のまわりの皮膚をかじっていた。ひどく慎重に運転しながら、ポリーのほうをちらちら見ていたが、眼を合わせようとはしなかった。さっきあんなことがあったから、まだポリーを怖がっているのだ。

よし。

一時間前、ポリーはシャーロットの寝室へ飛びこんでいった。心臓が荒れ狂い、それが歯の根に伝わってくるほどだった。生き物たちが体じゅうで暴れていた。

36

ポリー

州間自動車道十号線

そこはフォンタナだとは思えなかった。自分が生まれてからずっと暮らしてきた街だとは。ほんの数ヵ月たっただけなのに、十号線を走る車から見るポリーの子供時代の街並みは、街路も家々もみな、一度解体されてからどこか不正確に組み立てなおされたように見えた。通りは少し小さすぎたし、家々は角度が少しおかしかったし、空はへんてこなぼやけた色をしていた。

「どこへ行ったの父さんは？」

「ポリー、聞いて」

「バッグがなくなってる。銃も全部なくなってる」

捨てられたんだよ、と脳がからかった。**こうなるのはわかってたはずじゃん。**

「彼はね、あんたのためにやってるの」シャーロットは言った。

「あんたにだめにされちゃうのはわかってたのに。わかってたのに」その言葉とともに、うごめく生き物たちが喉を迫りあがってきた。

「帰ってくるのを待とう」

「父さんにはあたしが必要なんだよ」とポリーは言った。「ひとりで行っちゃだめなんだから。だめなんだから」

「でも、行ったの」

　体内でうごめいているものを外に出さなければならなかった。ベッドスタンドから水のコップをひっつかんで、壁に投げつけた。ガラスが砕け、水が飛び散った。まだ足りなかった。隣の電気スタンドをつかみ、振りかぶった。

「ちょっと待ちなって」とシャーロットは言い、スタンドの反対側をつかんだ。「あんたの父さんはむこうであんたのために命を賭けて、あんたのほうはここにいる、それだけのことだよ。だからちょっと頭を冷やしてくんない？」

　ポリーはスタンドを放した。あろうことか、自分が微笑んでいるのに気づいた。それも、口の端が痛むほど大きく。

「むこうってどこ？」ポリーは訊いた。

「え？」

「むこうってどこ？」

「それは言えない」

「どこ？」

「砂漠だよ」

なのかはっきりわからないうちに、車はアパートから遠ざかり、男は小さくなって見えなくなった。

「行こう」

「だめだって」

「あんたにあたしは止められないよ」とポリーは言った。「止められないし、止められないことはわかってるでしょ。あたしは止められない。絶対に。だから父さんのところへ連れてってって」

「ポリー、だめなん――」

そこでポリーは叫んだ。怒りの叫び。戦士の雄叫びを。するとシャーロットがひるんだのがわかった。ポリーのほうがまんまと年上になったのだ。

「キーを持ってきて」とポリーは言った。怖かったし孤独だったけれど、どこか晴れやかでもあった。「あたしは熊を取ってくるから」

シャーロットはキーをつかんだ。十分後、ふたりは砂漠へ向かっていた。車が走りだすとき、ポリーはひとりの男を見かけた。ハンサムなアジア系で、アパートのほうへ歩いてきた。見憶えのある顔だったが、誰

37

ネイト
ハングツリー／スラブタウン

見よ、砂漠のネイトを。見よ、メタンフェタミン・カウボーイの死体を。首がおかしなほうを向き、胸をタイヤに轢かれた痕跡がある。見よ、破れたフェンスや砕かれた髑髏を。見よ、エプロンしか身につけていない裸体の男が、踝の肉を灌木に引き裂かれつつその狂気から逃げていくのを。見よ、転覆したピックアップトラックと、砂漠の底にいるネイトを。息を吸おうとあえぎ、晴れた青空を舞うコンドルを見あげている。ハウザーがそれを見おろしながら、見慣れぬ小さなライフルを再装填している。見よ、ネイトの唇が声もなく動くのを。読め、それを。

ポリー、すまない。

夜明けにハングツリーに着くために、ネイトは徹夜で運転した。小さなAMラジオ局を見つけ、いつまでも終わらないロックジャムを聞いた。宇宙旅行や電気ヴァンパイアの歌を。どの曲も、月に跳ねかえってくる電波を受信しているみたいに、遠くぼんやりしていた。それは満天の星空を背に黒々と立つジョシュアツリーの、ねじくれた異星風の姿にぴったりだった。

人けのないハイウェイは線路と平行に延びていて、メキシコからの貨物を満載した長い列車が反対方向へ走っていった。土地は平らで、小さな灌木と古い家々が点在している。それが四方に果てしなく続いていた。ハングツリーの町は被爆でもしたように見えた。原野のむこうの脇道沿いで、何かが燃えていた。小屋か、古い移動住宅だろう。黒煙をあげていた。何かをそっくり燃やしつくすような真っ黒な煙だった。野良犬のチワワの群れが通りを走っていた。片眼のやつや、疥癬だらけのやつもいた。犬どもは喧嘩をした。側溝のごみを食った。路上や、歩道があったはずの枯れ草の中で交尾した。通りにいる人間には、太りすぎと痩せすぎの二種類がいた。そいつらも町と同じく、原爆の爆風をくぐり抜けてきたように見えた。

　ネイトは町はずれの食堂で朝食をとった。ぱさぱさのトーストを食べながら人殺しの計画を練った。ここへ来てひとつ厄介な問題に対処しなければならなかった。このあたりは砂漠が果てしなく広がっている。どちらの方角へも七、八十キロ行かないと幹線道路にぶつからない。ハングツリーで保安官を殺すには、逃走に一時間のリードが必要になる。さもないと、安全圏に達する前に道路を封鎖されてしまう。

まるでここから出て行くつもりでいるみたいだな、と頭の中で兄の幽霊が言った。**片道切符だってことを承知で買ったんだろ。脱出計画なんて笑わせるな。**それでもネイトはポリーのことを考えて、とにかく計画を立てた。

　朝食を食べおえた。チップに百ドル札を一枚置いた。レジのところでキャンディ・バーと水を一本ずつ取った。ええい、キャンディ・バーを二本にしろ。それなら最後の食事としちゃ、最低ではない。

　スラブタウンに向かって車を走らせた。頼りにしたのは、シャーロットがその場所について聞いたことを総合した地図だった。丘陵地帯の砂利道を登り下りしながら進んだ。古靴が鈴なりになった一本の木が、スラブタウンの旗がわりに、澄んだ青空を背にして立っていた。ネイトは道をはずれたところに車を駐めた。丘を登り、しゃがみこんだ。そこから、半ダースのコンクリート板に据えられたトレーラー群を見おろした。

住人たちはみずからの狂気を恥ずかしげもなく宣伝していた。砂漠の底には山羊頭の五芒星が描いてある。一軒のラボの四辺には、溶けたり焦げたりした人形の首のトーテムポールが立ててある。ガラス片が川のようにきらめいている涸れ沢。旗竿にはガラス片で作られたウィンドチャイムが吊るされ、風でチリンチリン鳴っていた。

そのトレーラー群を観察して、ネイトは人の気配を感じ取ろうとした。人形の首を飾ったラボだけが、屋根の煙突から白い蒸気を立ちのぼらせていた。稼働しているのはそこだけで、あとは誰もいないようだった。しばらくするとそのラボから、ビニールのエプロン以外は何も身につけていない男がひとり出てきた。男は砂漠の石ころの上に裸の尻をおろした。

ネイトは丘の頂にしゃがんで、銃身を切り詰めたショットガンを膝にのせたまま、運命について考えた。運命とは神の手でも、それに類するものでもない。たんに自分に伝えられてくるもの、つまり血筋であり、血筋がもたらすものだ。その血を責めようと、自分自身を責めようと、もはや事態は変わらない。おれはあの男を殺すしかないのだ。今まで知りもしなかった赤の他人を。あの男はあの男なりの血の川に運ばれて、ここへやってきた。なかば泳ぎ、なかば流れに従い、溺れないように精一杯がんばって。あの男を殺せば、ハウザーがこの砂漠まではるばる出張ってくる。ここでなら、おれはハウザーを殺したうえ、うまくすれば、うまくすればだが、逃げ切れるかもしれない。いや、逃げ切れないだろう。こんどばかりは。

ポリー、すまない。

ネイトはグリーンモンスターに戻った。トランクをあけ、ショットガンに装弾をこめた。丘をくだってスラブタウンにはいった。かちかちになった犬の糞をよけて歩いた。自分があの別世界へはいりこむのを待った。時間がゆっくりになったあの世界、いっさいがはっきりと見える世界へ。だが、それは訪れなかった。何かがおかしかった。すべてをはっきりと見たかったのに、見えるのはポリーの姿だけだった。

ラボのドアを蹴やぶった。誰もいなかった。エプロンをした男が中へはいっていくのを見たばかりだというのに。必要最小限の調理設備だけ。

裏手の窓をのぞいてみた。エプロンの男が裸の尻をさらしたまま砂漠を逃げていくのが見えた。もうずいぶん遠くへいっていた。まるでネイトがやってくるのを知っていたみたいに。

やつらは知っていたのだ。

これは罠だ。

ポリー、すまない。

表側のほうから、ばりばりと砂利を踏みしだく音が轟いてきた。ネイトは表の窓へ移動した。宿営地のかなたの丘の向こうから、一台のパトロールカーが現われた。髪のないピンク色のお巡りが運転していた。その後ろから、二台のトラックに分乗した〈スラブタウン・アーリアン・スティール〉のカウボーイどもが現われた。手に手に猟銃や拳銃を持っている。保安官補に任命されたのだろう。時間は減速しなかった。むしろ加速したので、肺を出入りする空気の動きがそれに追いつかなかった。ネイトは砂漠の空気の中で溺れかけた。

罠だ、罠だ、罠だ。その歌声が大きすぎて、ほかのことは考えられなかった。パトロールカーが土埃をたなびかせて停まった。一台目のトラックも停まった。二台目は側面にまわった。

ネイトは拳銃が空になるまで撃った。トレーラーの窓がガラスを吐いた。二台のフロントガラスが砕けた。カウボーイどもは物陰へ飛びこんだ。正面のトラックが前進してきた。運転手がパニくってアクセルを踏みこんだらしい。トレーラーに突っこんだ。世界がまるごと揺らいだ。ネイトは尻もちをついた。弾が頭上に命中した。三八口径を捨て、ショットガンをつかんでトレーラーの奥へ走った。両足でドアを蹴やぶり、波乗りのようにドアに乗ったまま外に着地した。転倒。枯れ草の中に倒れこんだ。地面を転がり、金網フェンスにぶつかった。それをよじのぼり、片脚を反対側へまわした。フェンス上の有刺鉄線がぎりっと、ふくらはぎに鮮烈な痛みの筋を引く。反対側へ飛びおりて、全力で走りだした。エンジンのうなりが丘々にこだまする。タイヤが砂利を踏みしだく音。雄叫び。

ネイトは脱出法を考えようとした。グリーンモンスターまで行くしかない。あれで道を離れて砂漠へ逃げこめ。

銃声。

ショットガンを撃ち返した。その轟音が世界からほかの物音をたたき出した。聞こえるのはウーーーーンという反響だけ。後ろをふり返った。カウボーイどもが走ってくるのが見えた。側面へまわったトラックがトレーラーをまわりこんできたが、砂利を波のように蹴たててスピンアウトした。カウボーイがひとり、荷台から放り出された。頭からぐしゃっ。脊髄切断の痙攣(シミー)を踊る。ネイトはまたぶっ放した。トラックは急ハンドルを切った。放り出したばかりの男を轢き、岩に激突した。タイヤが宙で空転する。荷台のカウボーイどもは撃ちつづけた。死が数センチのところをかすめていった。

ネイトはラボの背後の砂漠に逃げこんだ。サボテンをかわして走った。丘を登った。登りきると別のパトロールカーが見えた。ハウザーが黒く短いライフルを手に待ちかまえていた。ネイトはショットガンをかまえた。ハウザーのほうが速かった。ライフルがこほっと咳をした。ネイトは倒れた。砂利を食った。胸の神経が真っ赤に燃える球になった。体内の空気をすべて吐き出した。肺が焼きついた。ごろりと仰向けになり、胸をまさぐって弾の穴を探した。顔の前に手をかざしてみた。血はついていなかった。穴は見つからなかった。立ちあがれ、と体に命じた。体は言うことを聞かなかった。ハウザーが視野にはいってきた。ライフルに次弾を装塡した。ネイトはハウザーを見つめた。しゃべろうとした。だが声帯が反応しなかった。かすれた音しか出てこなかった。別にかまわなかった。どのみちハウザーに言おうとしたのではなかった。ポリーに言おうとしたのだから。ハウザーはライフルを肩にあてかまえた。至近距離からネイトの頭を狙った。

ポリー、すまない。

ポリー、すまない。

ポリー、すまな――

38

パク
州間自動車道十号線

パクはハイウェイを弾丸のようにすっ飛ばした。もう一度ハウザーの携帯にかけてみた。ハンドルは両膝で操った。コーヒーを飲んで、ガムを嚙んだ。

留守番電話サービス。これで三度目だ。

「ハウザー保安官、またまたフォンタナ警察のパク刑事です。ネイト・マクラスキーに関する手がかりを追っています。マクラスキーと娘がそちらの界隈で目撃されていないかと思いまして。おいそがしいでしょうから、十号線に飛び乗って自分でハングツリーまで行くことにしました。うまくすればそのスラブタウンの近くでお眼にかかれるかもしれません」

それは嘘だった。表敬訪問などするつもりはなかった。いま追いかけている興奮は、あのモーテルでネイトとポリーをのがして以来感じたことのない、強烈で混じり気のないものだった。

ロンポク刑務所から帰ってきてからは、地道な捜査活動の日々だった。シャーロット・ガードナーを洗ったのだ。シャーロットの家に行ってみると、一週間前から姿をくらましていることがわかった。陸運局から彼女の車の情報を手に入れた。シャーロットは駐車する場所に無頓着で、定期的に違反切符を切られていた。一度ノース・ハリウッドの街路清掃も命じられていた。パクはそのブロックへ行ってみた。二時間ばかり聞き込みをしただけで、シャーロットとネイトのどちらの顔も知っているという女を見つけた。女はふたりがどこに住んでいるのかも知っていたが、ポリーのことは知らなかった。女の子がいたことはいたが、パクの持っている写真の子とはちがうと言った。真っ赤な髪をしていたと。

パクはロサンジェルス郡保安官事務所に協力を要請した。記録を調べてその家の大家を見つけた。口頭で立ち入りの許可をもらった。中には三人全員の衣類が残っていた。あわただしく荷物をまとめたらしく、抽斗はあけっぱなしだった。グラスの水にまだ氷のかけらが浮いていた。またしても取り逃がしたのだ。こんどは数時間の差で。パクはかっとなった。ごみ缶を蹴たおした。丸めた紙がいくつか転がり出てきた。ひとつを広げてみた。ハングツリーという町の手描きの地図と、スラブタウンという場所の手描きの地図。ほかに手がかりがないか、鑑識が家じゅうを調べているあいだに、パクはハウザー保安官に電話した。ネイト・マクラスキーのことをざっと話した。女の子を連れているかもしれないこと。あちこちで〈アーリアン・スティール〉から金を奪っていること。〈スティール〉の銀行や倉庫を襲ったこと。スラブタウンという場所へ向かっているようだということ。そこに多数のラボがあるらしいこと。保安官は調べてみよう、と答えた。それが昨日のことだった。

パクは職業上の礼儀からひと晩待った。それからハングツリーへ向かった。

留守電に最後に吹きこんでから数分後、携帯がタマを振動させた。パクは電話をつないだ。

「パクです」

「パク刑事、ハウザー保安官だ」地の底からかけてきているような、わんわんと反響した不鮮明な声。

「何度も電話したんですよ」

「そうか、なんの用だ」

「マクラスキーがいる気配はありましたか?」

「いや。あんたの追ってる男はここにはいないな。行ってスラブタウンをつっきまわしてみたが、気配もない。あんた、幽霊でも追いかけてるんじゃないのか」

「でも、自分で見にいってみたいんです」パクは言った。

「そんな必要はない」とハウザーは言った。その口調がパクを妙にぞくぞくさせた。「何か聞いたら、おれがかならずあんたに知らせる」

「あと一時間かそこらでハングツリーに着きます」パクは言った。そのあとに長い沈黙。またしても妙な興奮。

「署に来てくれ」とハウザーは言った。「保安官補のジミー・キャレンに対応させる。ジミーを訪ねてくれ」

「彼がそのスラブタウンへ案内してくれるんですか?」

ぱちぱち、しゅうしゅうという雑音。それからハウザーが咳きこんだような物音。痰のからんだ深い咳。

「だいじょうぶですか?」パクは訊いた。

「ああ、平気だとも」ハウザーは答えた。

「じゃ、そちらの保安官補がスラブタウンへ案内してくれるんですね？」パクはまた訊いた。

「それがあんたの望みならな」ハウザーはそう言い、電話を切った。

　パクはまたあの、宙を飛んでいる銃弾になったような感覚に襲われた。自分がどこへ行くのかも、どんな被害をあたえるのかも、自分にはまったく決められないような感覚に。

39

ネイト
高地砂漠

　ネイトはごほごほと咽せて意識を取りもどし、べっとりした赤い痰を両手に吐き出した。爆弾が頭の中で果てしなく炸裂した。世界が切れ切れに戻ってきた。車の後部席で揺られていた。パトロールカーだ。前の座席でハウザーがしゃべっていた。「ああ、平気だとも」と言うのが聞こえた。「それがあんたの望みならな」と言うのも。

　ハウザーに撃たれた頬を触ってみた。硬く腫れあがり、窪みができていた。ハウザーは非殺傷弾でネイトを生け捕りにしたのだ。大量のペレットを発射するライフルで。このペレットは人を倒しはしても、皮膚を破ったりはしない。むこうはこちらが来ることを知っていたわけだ。生かしたままつかまえかったのだ。聞き出したいことがあるのだ。

それがネイトは恐ろしかった。ひどく恐ろしかった。

眼がはっきり見えるようになってきた。誰かにダイヤルしているハウザーの後頭部に焦点が合った。

「ジミー……ああ。獲物を小屋へ連れてくところだ……当人は耳を澄ましてるのがばれてないと思ってる。ま、頭はガンガンしてるはずだが。実はな、あのチンころ刑事のことだ。獲物が町へ来ることを教えてくれたあいつだよ。今こっちへ向かってる。スラブタウンを見たがってる……一時間で着くとさ。おまえを探せと言っといた……そんなこと、おれがわかってないと思うか？　間に合うように片付けるのはむりだ。あそこにあるクソは誰にも見せるわけにいかないぞ……だったら、それをおまえがやるんだよ、ジミー……いいからやれ。実験をやってる暇はないぞ。マクラスキーの銃を使え。チンころは砂漠に捨てるんだ。すんだら電話を寄こせ」

露骨な会話。

そこが何よりネイトは恐ろしかった。

車が停まった。

ネイトは眼をしばたたいた。起きあがった。小屋が見えた。地獄の門を守るために生み出されたような犬がそこを守っていた。その小屋を見て、そこが自分の死に場所になることを察した。でなければ、ネイトの前でハウザーがそれほどあからさまにしゃべるはずはなかった。自分はなんらかの理由で生かされている。その理由がなくなれば、自分もいなくなるはずだ。そして死が訪れるころには、自分はそれに出会えることがうれしくなっているはずだ。ネイトはそう悟った。

40

ポリー
スラブタウン

金星が地球にやってきて嵐をもたらしていた。スラブタウンはおもちゃ箱をひっくりかえしたようなありさまだった。一台のトレーラーの正面にトラックが突っこんでいた。つぶれたトレーラーから細い煙がいく筋も立ちのぼっている。その顔は弾痕であばただらけだった。トレーラーの前の砂利には点々と赤い染み。かつては人間だったもののかたまりがひとつ。トレーラーのむこうの砂漠では、エプロンしか身につけていない男が、尻をむきだしにしたまま穴を掘っていた。かたわらには、死体がもうひとつ横たわっている。

その惨状を見て、ポリーはそれが父親によってもたらされたものだということを知った。自分がいま吸っている空気を、父親もほんの少し前まで吸っていたこと。でも、何かがうまくいかなかったこと。父親はまだ死んでいないとしても、じきに死ぬはずだということを。

そうはさせるもんか。させるもんか、させるもんか、させるもんか。

「ポリー」とシャーロットが言った。ポリーの肩に手をかけた。ポリーはその指をへし折るところを夢想した。その気持ちをまなざしにこめて、シャーロットを見た。シャーロットはあわてて手を引っこめた。まるでポリーが煮えくりかえっているみたいだった。もしかしたら本当に煮えくりかえっていたのかもしれない。「ポリー、聞いて」とシャーロットは言った。「あたしはこういう連中と話をするのに慣れてる。あそこにいる男と話をしてみる。何があったのか聞いてくる。あんたはここでじっとしてて」

「父さんがどこにいるか聞き出して。無事かどうか聞き出して」ポリーは言った。

シャーロットがドアを閉めたとたんに、車は砂漠の熱気で煮えはじめた。汗が出てきたが、ポリーは気にしなかった。父親に教えられたとおりに三回、大きく息を吸って吐いた。空気の流れに意識を集中しようとした。流れをもっとも感じるのは、空気が肺へとくだっていく鼻の奥の屈曲だった。その流れが腹をふくらませて、シャツを持ちあげるのがわかった。ほかのことはいっさい考えなかった。熊と眼を見つめ合っていると、やがて時間が消え去った。

シャーロットがドアをあけた。流れこんできた砂漠の熱気が、肌に涼しく感じられた。

「上の丘陵地帯に小屋がある」とシャーロットは言った。「彼はつかまった。ちょっとばかりたちの悪い保安官たちに」

「生きてるの?」

「ええ」とシャーロットは答えた。だが、顔はちがうことを語っていた。〝でも、たぶんそう長くはない〟というようなことを。

41

パク
ハングツリー／高地砂漠

保安官補がくれたコーヒーは牛のクソみたいな味がした。パクはとにかく飲んだ。ジミーというその保安官補は、パクにはわからないジョークがあるといわんばかりに、にやりと笑ってみせた。ジミーの運転はいかにも警官らしく乱暴でぞんざいで、黄信号や制限速度に無頓着だった。ハングツリーは本物のクソ溜めだったが、日暮れの町には何かきらめくものがあった。窓ガラスに夕陽のちらつく様子には、どこかパクの眼球をくすぐるものがあった。

「ほんとにスラブタウンなんかへ行きたいのか？」ジミーが訊いた。

パクはその男に、あんたは毛を剃られた犬みたいな色をしているな、と言ってやりたくなった。そう思うと、へんてこな笑いがこみあげてきた。だが、押し殺した。

「さっきも言ったが、ついてきてくれなくてもだいじょうぶだ」カップの底に残ったコーヒーはざらざらしていた。我慢して飲んだ。ジミーがにんまりとしたので、こいつはコーヒーに唾でも入れやがったのかと気になってきた。

車は丘を登る未舗装道路にはいった。途中まで来ると、ジミーは右折して、道とも言えないような干あがった川床へはいった。パクはすでに一日じゅう車に乗っていた。腰が死ぬほど痛かった。

「スラブタウンてのは陸軍基地の跡だと思ったが」

「そうだ」

「これは軍の基地に通じる道って感じじゃないぞ」

「裏から行こうとしてるんだよ」ジミーは言った。眼が頭の両側に移動したように見えた。ますます豚に似てきた。首を動かすと、太った顔の分子のいくつかが、ほかの分子よりゆっくり動いたように見えた。

何かがおかしかった。この状況や、このちんけな田舎お巡りだけでなく、何もかもが。電子にいたるまで、おかしくなっていた。

最後に眠ったのはいつだったか。ここまでどれだけのカフェインで乗りきってきたか。それを思い出そうとした。体の芯から響いてくる拍動に、なんらかの説明を見つけようとした。その拍動とともに胃が暴れだした。

「停めてくれ」パクは言った。ジミーはまたあの自分だけのジョークに面白がるような笑みを浮かべた。歯の奥で舌がちろちろした。濡れた蛇だ。パクは喉を締めつけて、その場では吐くまいとした。

「気分が悪いのか？」ジミーは車を停めた。パクはシートベルトをはずして闇の中へ飛び出し、膝をついて岩のあいだに吐いた。尻をついて座りこむと、世界がぐるぐるまわった。上空の星々がぶれた。またたき、踊った。

後ろからジミーが近づいてきた。やけに近くまで。キムチのような酸っぱいにおいがした。「そいつを預かっとこう」ジミーはそう言って、片手でパクの銃を取った。

「どうなってんだ？」

「ＭＫウルトラってのを聞いたことあるか？」

パクはその言葉を意味のあるものにしようとした。だが、ならなかった。

「コーヒーに何か入れたな」

「マジック・マッシュルームってのを知ってるだろ？こないだそれを、ヒッピーからちょっとばかり取りあげたんだ。ＣＩＡはそういうものをマインド・コントロールに使えると考えてたんで、おれも実験してみたくてな。おまえは余計なことを訊きすぎるうるさいチンころだろ。だからこうなったんだよ」

ジミーの顔が言葉に合わせてどくんどくんと脈動するので、パクはそれが嘘ではないことを悟った。マッシュルームの拍動とアドレナリンの興奮が全身に広がっていた。**おまえは死ぬんだ、**という考えが頭蓋を跳ねまわった。だがその動物的なパニックは、深さ数センチまでしか達しなかった。その下には何か重たいものがふくれあがっていた。

「話によると、いろんな色やなんかが見えるらしいが。おまえは何が見える？」ジミーは訊いた。

「あんたは毛を剃られた犬みたいな色をしてる」パクはそう答えて笑った。それからその笑いにまた笑った。糸を引っぱるみたいに、笑いが体内でほどけていた。そのままだと自分が糸の山になってしまいそうだった。

「くそ」とジミーは言った。「こんなもん、てんで役に立たねえな。どうりでＣＩＡがあきらめたわけだ」

パクはあおむけに寝ころんだ。背中の下の地面がひどく冷たかった。ぷるぷると踊る空を見あげた。肌が大気にさらされているのを感じ、ものどうしのあいだに境界などいっさいないのだと気づいた。自分も空も何もかも、ひとつの大きな海にすぎないのだ。

ジミーの豚面が視界に浮かんだ。眼をしかめてパクを見た。パクに焦点が合わないかのように。実際、そうだったのかもしれない。自分の拳銃をホルスターから抜いて、パクの顔に狙いをつけた。

これがパクの追いかけてきた瞬間だった。あの興奮がパクをここへ導いたのだ。ここへパクを駆り立てたのは、この事件でも、あの子を救うことでもなかった。パクはずっと死を追いかけてきたのだ。それが今はっきりとわかった。そして今この瞬間、死を眼の前にして、パクは死に白旗を掲げた。

すべてが静まりかえった。

わかったよ。**観念する。**

そのとき、ジミーの顔に〝ああ、いけね〟という表情が波のように広がった。ジミーは銃をホルスターに戻した。

「あのペッカーウッドの銃を使うんだった」そう言っていなくなった。パクが首を傾けてみると、ジミーは車へ引き返してトランクをあけた。

パクは起きあがった。ありえないこの瞬間を、どういうことなのか理解しようとした。ぐちゃぐちゃになった自分の死体がそこにあるのではないかと、後ろの地面をふり返った。だが、なかった。パクはまだ肉体を持っていた。死んでも無事でいられたのなら、自分を止められるものはもう何もなさそうだった。

手の横にある石が見えた。火山性で、破片のような形で、とがっている。

ジミーにぴったりに見えた。まるであつらえたように。

その石を両手でつかんだ。腰をかがめてジミーのほうへ近づいていった。ジミーは銃身を切り詰めたショットガンを手にしてふり向いたが、腰をかがめたパクは眼にはいらなかった。

パクは石を振りおろした。案の定、それはジミーの膝にぴったりだった。ジミーは倒れた。

パクが走ると砂漠が波うった。まるでパクが巨人になって、その足で大地を揺るがしているようだった。灌木の茂みに逃げこんだ。背後でジミーがありとあらゆる罵言を叫んでいた。撃つぞとわめいた。そして撃った。散弾がまわりをかすめていくと、パクの眼には、空気を引き裂いていくそれらの跡が見えた。彼はそのあとを追った。散弾のあとを追って闇の中へ走っていった。

42

ネイト

小屋

太陽がほとんど沈み、窓から射しこむオレンジ色の夕陽の中で、埃が渦を巻いた。ネイトは浮遊する埃の中にできるさまざまな形を見つめていた。鳥、花、熊。これから起こることは考えまいとした。

「おまえが何者かは知っている」ネイトを椅子に縛りつけながらハウザーは言った。小屋の中はひどく暑かった。ハウザーは汗を掻いていた。ネイトは掻いていなかった。掻く水分がもはや体に残っていないのだろうと思った。埃がひとつのまとまった形になった。ニックの顔がハウザーのむこうに浮かんだ。〝おれはここにいるぞ〟というようにネイトにうなずくと、埃はまた踊りはじめ、顔は消えた。

「ネイト・マクラスキー。〈アーリアン・スティール〉の疫病神だ。カントリーソングに歌われるみたいな。おまえらはそう言われてる。おまえと娘のふたりは」

「娘のことは口にするな」兄の幽霊が〝よく言った〟と褒めてくれた。

「おまえもおれと同じくらいよくわかってるだろうが、おまえはここで死ぬんだ」とハウザーは言った。「今夜ここで死ぬんだ。おれはそうじゃないふりをするような失礼なまねはしない。おまえが変えられることはふたつしかない。楽に死ねるかどうかと、そのあとのおれの行動だけだ」

「わかった」ネイトは言った。

「おれの言うことを信じるな？」

「そりゃもう」

「おまえらがサン・ヴァレーのスタッシュハウスを襲ったんだよな。おまえと、おまえの娘が」

「だったら？」

「おれはあそこに何が送られてるのか知ってる。だからざっと計算してみた。おれの概算じゃ、利口な男ならあのヤマで六桁の純益をあげられる。しかもおまえらが襲ったのはあそこだけじゃない。どこかに大量の現金か大量の粉を隠してるはずだ。どこに隠してるのか教えてもらおう」

「捨てたよ」

「おれをばかだと思うのか？」

「粉は捨てた。全部」

「十万相当のクランクを捨てただと？」

「おれたちには必要ない」

「痛い目に遭わされるのはわかってるだろうな」

ハウザーは釣り針のように曲がったナイフを見せた。

ネイトは答えられなかった。自分の声を信頼できなかった。

ああくそ、ニック、怖くてたまらない。

出口は耐えぬいた先にしかないぞ、ネイト。

「信じられないかもしれんが、おれはこんなことはしたくない。人を痛めつけるのは嫌いなんだ。しかしジミーはちがう。あいつがここへ来る前にしゃべらないと、楽しんで仕事をする男と対面するはめになるぞ」

こいつはおれを痛めつける気だぞ、ニック。

ああ、そうだな。

「粉はトイレに流したんだ」

「娘の口から聞いたら信じよう。娘の居どころを教えてくれてもいいぞ」

ネイトは〝いやだ〟と首を振った。

「そうか。なら好きにするがいい」

出口は耐えぬいた先にしかない。

ハウザーは切りはじめた。進むにつれて、ネイトは自分がこれまでどれほど浅く生きてきたかを悟った。喜んでも悲しんでも、愛しても笑っても、一度も達したことのない深い核が、自分にあることがわかった。ナイフにしか達することのできない最終的な深い原形質のようなものが、自分の中心にあることに気づいた。

切られることに耐えぬいたときには、自分と闇の区別もつかなくなっていた。汗と血でぬるぬるだった。ハウザーはナイフから血を拭った。

「金か娘かだ。教えてもらおうか」

手首をひねるとロープが食いこんだ。

「いやなこった」とネイトは言った。それとも、ニックが言ったのか？

「それじゃご褒美はやれないな、坊や。おれの知りたいことを教えてくれたら、これを終わらせてやる」

「お断わりだね。今日も、これからも」

風のような刺突の繰りかえし。したたり。ハウザーの呼吸が荒くなっていた。激しく動いたせいだ。

こんどは切りつけられた。何かがぺろりとめくれて顔に貼りついた。頭の中で兄の幽霊にすがりつこうとした。だが兄はもういなかった。ついにひとりぼっちになったのだ。この宇宙にあるものといえば、この小屋と、このナイフと、切りつけてくる男だけだった。

ネイトの頭に非常事態が起こった。内部の大きな封印が破れた。どんな穴をあけられたのかはわからないが、そこから言葉がこぼれ出そうになった。それを押しとどめたのは、兄の幽霊でも無法者の掟でもなかった。もっと深いもの、あの内奥の原形質だった。それが知っているのは痛みだけではなかった。もうひとつ知っていることがあった。それはポリーを知っていた。そしてそれがポリーを守った。ネイトは浮上した。

穴掘りがやんだ。視界がぼやけ、平板になった。新たに影ができて小屋の中が暗くなった。

「ジミー……」とハウザーが電話に向かって言った。

「ああ……」

「なに？……」

「どこで？……」

「ふざけやがって……」

「やつを砂漠から出すなよ……」

「このばかたれが……」

「おれが見つけてやる」

靄のむこうに、ハウザーの姿が明るい光を背にして浮かびあがった。ドアをあけたのだ。それからドアが閉まった。ハウザーはいなくなった。苦痛は残った。

43

ポリー
小屋

車は闇に包まれた丘を登っていった。湾曲しながら登っていく砂利道のおおよその輪郭は月明かりでわかった。小屋は夜空を背にして黒々と四角く建っていた。その上空で金星がまたたいた。

あたしのふるさとの星。

父親はあの小屋にいる。ポリーはそれを知っていた。車が停まらないうちにもう飛び出していた。熊をしっかりと抱いて飛びおりていた。

あたしは金星の子なんだから。

「ちょっと、ポリー――」

ポリーはゲートのほうへ歩いていった。太い鎖がゲートを縫っていた。金星人の手なら、そんなものはふたつに引きちぎれそうな気がした。

ゲートに近づくと、暗がりから影がひとつ分離してポリーを出迎えにやってきた。影がフェンスにぶつかるとポリーは飛びのいた。犬は割れた岩がこすれ合うようなうなり声をあげた。黄ばんだ歯と、死の悪臭。フェンスの金網に肢をかけてポリーと向き合った。太い涎がたらたらと垂れた。鼻は傷だらけで、眼には殺意が宿っている。

「やばいよ、それ」と後ろでシャーロットの声がした。

ポリーは相手にしなかった。シャーロットはもう役目を果たしたのだ。こんどはポリーの番だった。

あたしは金星の子なんだから。

深呼吸をした。その怪物のむこうを見た。小屋の横にロープが見えた。三度目に息を吐き出すと、シャーロットのほうを見た。

「父さんを助けにいくよ」ポリーは言った。

「ポリー、その犬は――」

「ロープでつなぐ」とポリーは言った。「ほら、小屋の横にあるでしょ?」

シャーロットは〝ええ?〟というようにポリーを見た。

「今からフェンスを乗りこえるから」ポリーは言った。

「ばか言わないで」

「あたしが犬をつないだら、あんたもよじ登ってきて」

「ポリー、やめて――」

ポリーは熊を持ったままフェンスをよじ登った。犬がうなり、胸の奥でガルルルと岩をぶつけ合った。ポリーの爪先が金網から突き出すと、食いついてきた。がぶっ。片方のスニーカーのゴムの爪先を食いちぎった。靴下ごしに濡れた熱い息を感じた。犬歯が足を引っかいた。体を駆けぬける赤い痛みの筋。足を引くと、靴がすぽんと脱げた。犬は靴をフェンスのむこうへ引っぱりこんで、息の根を止めようと猛烈に振りまわした。

「ポリー、気をつけて」シャーロットが言った。そんなばかげた忠告を聞いたのは、生まれて初めてかもしれないと思った。

片脚をフェンスのてっぺんからむこう側へまわした。靴を血祭りにあげた犬が、ポリーの下に立った。涎がだらだらと顎を伝い、胸を汚していた。噛みついてきた。顔は傷だらけだった。眼には殺意がみなぎっていた。ポリーはふとそいつがかわいそうになった。誰がこんなになるほど痛めつけたんだろう。誰がこんな怪物にしたんだろう。

熊を両手で捧げ持った。熊はポリーの顔を見あげた。手を合わせて戦士のように黙礼をした。ポリーも精一杯の黙礼を返した。

「愛してるよ」と熊に言った。

それから熊を、犬の頭越しに中へ放りこんだ。犬はそれを追った。熊に飛びついた。首をへし折るために振りまわした。それから地面に押さえつけて食いちぎった。詰め物が飛んだ。

あたしは金星の子なんだから。

ポリーはフェンスから飛びおりた。地面に激しくぶつかった。弾かれたように立ちあがり、犬がポリーのほうを向く間もなく、その背中に跳びついた。犬はポリーの下で暴れた。毛皮におおわれた筋肉は、ポリーの筋肉よりはるかに力が強かった。つかんでいた手がはずれた。犬はくるりと反転してポリーと向き合った。ポリーもすばやく動いた。ふたたび犬の背中に跳びついた。両脚を波うつ犬の腹にまわし、がっちりと組んでしがみついた。

左腕を犬の首の下に押しこんだ。犬は暴れた。放したら落ちるし、落ちたら二度とよじ登れないのがわかった。ポリーは犬の背中からずり落ちないように体重を移動させた。顔から数センチのところに犬が嚙みついてきた。歯が宙でがちんとぶつかり、嚙まれたら皮膚が裂けるのがわかった。腐ったにおいが鼻孔を満たした。ポリーは父親に教えられたとおり、腕を首の下へ完全にまわした。その手が反対の二の腕を探りあて、がっちりとつかんだ。

そして絞めあげた。

犬はうなり、野太い喉音がポリーの腕を震わせた。爪が地面を引っかいた。後肢の爪がポリーの脚に食いこんだ。まばゆい痛みの閃光にポリーは眼をむいた。犬はポリーの下で身をよじろうとした。こちらを向かれてしまったら、喉に食いつかれる。空気をずたずたにするくらい簡単に、ずたずたにされてしまう。ポリーは体を下に押しつけて、前腕を上に引きつけた。父親に教えられたとおりに、犬の喉に全身でしがみついた。

そして絞めあげた。

犬の首はやたらと太かった。ポリーは全力で絞めた。犬が激しく足掻いた。うなり声があえぎに変わった。腕の筋肉が痺れてきた。言うことを聞かなくなりそうだった。もうあまり力が残っていないのがわかった。

ポリーは絞めあげた。

犬はだしぬけに落ちた。ぐったりして、ポリーもろとも砂利に倒れこんだ。ポリーは腕をはずした。はずすのと同時に、犬の脳へ血液がどっと流れこむはずだった。立ちあがると、世界がぐるんとまわった。足を踏んばった。小屋の横からロープを持ってくると、首輪に通した。犬がふうっと鼻息を吹いた。もうあまり時間がなかった。ロープをフェンスに結わえつけた。あわてなかった。しっかりと縛りつけた。

犬をつないでしまうと、地面に落ちていた熊を拾いあげた。熊は腹をぱっくりと裂かれ、青と白の詰め物が穴からはみでていた。ポリーは尻をついて座りこんだ。熊を抱きしめながら体を揺すり、熊を揺すった。

「強い子だったよ」と熊に話しかけた。「あんたはとっても強い子だったよ」

44

シャーロット

小屋

ポリーが犬に嚙みつかれないところで体を揺すっているあいだに、シャーロットはフェンスを乗りこえた。犬が頭をぶるぶると振って、意識をはっきりさせた。ポリーが顔を上げてシャーロットを見た。少女の眼の奥にあるものを見て、シャーロットははっと息を吞んだ。

自分がいま眼にしたもの、少女がいましたことは現実なのだと、一挙に悟った。これほど狂ったまねを見たのは、生まれてこのかた初めてだった。シャーロットはガラスが砕けるように笑った。ポリーが彼女を見あげた。狂っているのはシャーロットのほうだという眼だった。そうかもしれなかった。

「だいじょうぶかな、あの犬？」とポリーは訊いた。

「誰かがわざと痛めつけてあんなふうにしたんだよ。あの子のせいじゃない」

ポリーは熊の残骸をシャーロットに渡した。シャーロットは自分の舌が夜気に触れて乾燥しているのに気づいた。ポリーが中に飛びおりたときからずっと、口をあけっぱなしだったのだ。ポリーは地面から大きな石を拾った。それを頭の上に持ちあげてドアノブにたたきつけようとした。

「ポリー」とシャーロットは言った。ポリーは石を持ちあげたまま手を止めた。

「まずあけてみたら」シャーロットは言った。

ポリーはドアノブをまわした。ドアはすっとあいた。ポリーは石を放り出して、中へはいっていった。

甘酸っぱいにおいが立ちこめていた。鹿猟の季節にシャーロットが伯父の小屋で嗅いだことのあるにおい。新しい血と古い血の入り混じったにおいだ。ポリーはどんどんはいっていった。シャーロットは入口で立ちどまった。

「ニック？」ネイトの声がした。老人の声だった。

「ニック、おれはしゃべらなかったぞ。何もしゃべらなかった」

ポリーが駆けよった。シャーロットもあとに続いた。ネイトは粗い紐で椅子に縛りつけられていた。両の手首に紫色のじくじくした溝が刻まれていた。縛めにあらがって皮膚がすりむけたところだ。肉がいたるところで点々とピンク色になっているのは、煙草の火を押しつけられた痕だった。胸には血。口からの血と顔からの血が、涎かけのように広がっている。胸の刺し傷からは、血よりも黒っぽいものが滲み出ていた。

ポリーは父親を激しく抱きしめた。

「ニック伯父さんじゃない。あたしだよ。見つけたからね。もう絶対にいなくなっちゃだめだよ、絶対に」

「紐をほどいてあげないと」シャーロットは言った。

その声を聞くと、ネイトはシャーロットのほうへゆっくりと顔を上げた。何がおかしいのか脳が認識するまでに、ちょっと時間がかかった。拳銃使いの青い眼がひとつ、赤黒い穴がひとつ、シャーロットを見つめていた。

なんてこと。眼をえぐられてる。

45

パク
高地砂漠

砂漠が静かに思えるのは、自分が狩られる立場になるまでだ。夜が暗く思えるのは、自分が闇に紛れたくなるまでだ。パクは地面に身をかがめ、灌木の茂みをジグザグに駆けぬけた。上空には夜のもたらした百万の百万倍の星々が、いっさいの果てまで広がっている。地上には岩とサボテンが、それと同じくどこまでも広がっていた。

遠吠えをする空を見あげていたら、岩にけつまずいた。ばったりと倒れ、丘を滑り落ちた。一本のサボテンで止まった。棘でそこらじゅうがちくちく痛い。穴だらけの皮膚、空気にさらされる内側の肉。

パクは自分がなぜ追われているのかわからなかった。なぜあの保安官補にマッシュルームを盛られたのか。だが、理由はどうでもよかった。とにかくこうなっているのだから。自分は科学者の言うような意味での、振動でしかないのだ。

そんなもの思いからどうにか自分をもぎ離し、今いる場所に意識を集中した。

パクはあの豚面の保安官補の脚を負傷させていた。あの男が砂漠まで追ってこられるとは思えなかった。つまりしばらくは安全だということだった。自分の位置を把握するために、ハングツリーの明かりを探す必要があった。ひと筋の尾根に登り、岩のてっぺんに立った。月をつかもうとしてみたが、さっぱり手が届かなかった。ゆっくりと周囲を見まわしていくと、やがてあの町の明かりが見つかった。

一発の銃弾が耳元をかすめた。それは鮮やかな赤い線をひと筋、闇の中に残していった。

長いこと空を背にしたまま、尾根のてっぺんに体をさらしていたせいだった。自分を標的にしていたせいだった。だから見つかったのだ。

銃声。

下の谷間で小さな星がひとつ生まれて死んだ。撃った男が暗がりから出てきた。確かな足取りで灌木の茂みを歩いてくる。そいつはあの豚面の保安官補ではなかった。ハウザーだろうとパクは思った。恐れる様子もなく近づいてくる。パクが銃を持っていないことを知っているのだ。

パクは丘の反対側へくだった。何かに脚を取られ、砂漠の底へ倒れこんだ。手を伸ばしてみると、冷たい金属に触れた。倒れて久しいフェンスの有刺鉄線だった。乱暴に引っぱって脚からはずした。一メートルほどの長さがあった。

斜面の上のほうで石ころたちがささやいた。

ハウザーが移動しているのだ。パクも移動した。何かがふっきれていた。興奮は感じなくなっていた。何ごともまったく感じなくなっていた。自分がひとつの存在だという確信すらなかった。自分と世界のあいだにある壁はどれもただの観念であり、自分もひとつの観念にすぎない。自分が死んでも、途絶えるのはその観念だけであり、自分のエネルギーの一ボルト一ボルト、分子のひとつひとつは、ことごとく残るのだ。とすれば、死が存在するとは誰にも言えないだろう。

それでもやはり、パクは死ぬつもりはなかった。

砂漠の寒さが身に染みた。その寒さを飲みほした。腹の底まで冷えた。一匹の蜥蜴が足もとを横切った。そのとおりだ、という世界からのメッセージのようだった。パクは蜥蜴なのだ。血液まで冷たい蜥蜴、周囲の世界とまったく同じように冷たい蜥蜴。おれたちはみんなそういう蜥蜴なんだ。パクはそう思った。

彼はもはや砂漠の一部になっていた。ハウザーが丘をおりてきた。転びはしなかったが、よろよろしていた。けつまずいた。自分の砂漠に不慣れな男。パクはハウザーの後ろへそろそろと、音を立てずに移動した。ハウザーの動物的な勘が冴えていたのだろう。数百万年にわたり狼をかわしつつ研ぎ澄まされてきた脳幹のどこかが、ハウザーにふり向けと命じ、銃をかまえろと命じた。パクの片手が上がり、その拳銃をはねのけた。そのとたんにハウザーが引き金を引いたため、閃光と轟音がふたりから世界を消し去った。

ふたりは砂漠の底で取っ組み合った。どちらも眼が見えなくなり、耳が聞こえなくなっていた。よろけて一緒に倒れこんだ。パクは頭蓋を両手でつかまれ、頭を地面にたたきつけられた。見えない世界に色彩がぱっと散り、自分のまわりに無が広がったのがわかった。渾身の力でもがくと、上になっているハウザーがバランスを崩した。パクは後ろへ這いずって逃れた。鋭い痛みが背中に突き刺さった。あの有刺鉄線だった。後ろに手をまわし、それを引きずり出そうとした。鉄線が背中にぎりぎりと溝を刻みながらも、体の下から抜けたそのとき、存在の周縁に形と音が戻ってきはじめ、それと同時に、ハウザーがふたたびのしかかってきた。

ハウザーはまた頭を両手でつかんできた。パクは保安官の首に鉄線をまわした。両端を思いきり引っぱり、ハウザーの首を絞めた。なま温かい血が噴き出てきた。パクは血まみれになった。ハウザーはキーキー言いながら血を噴いた。パクもわめいた。死を分かちあった。ハウザーから魂がわななき去るのを見守った。最後の息が白い煙のようにふっと出てくるのが見えた。亡霊が飛び去る音が聞こえた。すべてが終わると、パクは死体を砂漠に委ねて立ち去った。

近くの丘の上に一軒の小屋が見えた。パクはそちらへ歩きだした。小屋へ続く道を見つけて、そこへ出た。闇が燃えあがり、下の道からやってきたひと組のヘッドライトがパクの眼をくらました。車のドアがあいた。豚面の保安官補が降りてきて、ショットガンをかまえた。そのいっさいが、パクの眼には闇に描かれたひとつの縞模様に見えた。

「保安官はどこだ？」ジミーは訊いた。

「どこにでもいる」とパクは答えた。胸にかけた血の涎かけが、月明かりで黒々と見えた。まだハウザーのぬくもりが残っていた。「もちろんここにも」

「この蚤のちんぽこ野郎が」とジミーはショットガンを持ちあげた。パクはジミーのほうへおりていった。銃口は深い淀みだった。飛びこむ覚悟はできていた。足が地面をこすった。いっさいが音楽。いっさいが弦。

「おまえに保安官を殺せるはずがねえ」ジミーは言った。

「奇妙だよな？」パクは笑った。吸いこんだ空気が肺をくすぐった。

ジミーは道の脇でパクを蹴たおした。道まであとずさりして、ショットガンをかまえた。顔に笑みを浮かべていた。パクも笑い返した。本気だった。夜空に両腕を差しあげた。大気中の酸素のひと粒ひと粒が感じられた。死んだ星々から届くひとつひとつの光のぬくもりが。鹿玉が体にめりこみ、合体し、引き裂くのも感じられるだろうか。感じられるといいが。パクはそう思った。

闇の奥から驟雨のようなザーッという音が聞こえてきた。

ふたりは丘をくだってくるもののほうへ顔を向けた。ヘッドライトを消したまま走ってくる一台の車。それが真正面からジミーに激突した。ジミーは宙に跳ねとばされ、頭から落下した。その体は、人体にはとてもできないような形にねじれていた。通りすぎた車のブレーキランプが赤く輝いた。車は土埃を舞いあげて急停止した。

シャーロット・ガードナーがハンドルを握っていた。ポリー・マクラスキーが助手席に座っている。ポリーは年齢の倍も大人びた顔をして、パクに銃を向けていた。パクはまだ両手を空に差し伸べていた。今までの保安官補に銃を向けられていたと思ったら、ほんの数秒で、銃を持つ相手が入れ替わっている。くそおかしくて笑ってしまった。

「ポリー？」

ポリーはパクを見た。さまざまな感情が、暴れる魚のように顔に表われた。

「あの人ね。あの助けてくれるっていう人」電話で話をしたときとは声がすっかり変わっていた。「どうしてここにいるの？」

「助けにきたんだ」とパクは言い、近づいていった。ポリーは膝に熊を載せていた。腹がぱっくりと裂けている。

「ひどいな」とパクは言った。

後部席から気味の悪い蛙の声がした。ポリーはそちらへ首を振ってみせた。

「おじさんと話したいって」

「蛙が？」

「え？」

「なんでもない」

パクは車の後ろへ歩いていった。後部席は血まみれだった。座席一面にネイト・マクラスキーの命が流れ出ていた。それがてかてかしていた。ネイト・マクラスキーは切り刻まれ、じくじくと体液を流し、片眼をえぐり出されていた。

マクラスキーは片眼でパクをじっと見つめた。

「あいつを殺ったか？ あの保安官を？」

そんなことを認めていいものか、答えを出しもしないうちに、パクは〝ああ〟とうなずいていた。

「おれのせいにしろ」マクラスキーは言った。

「何を？」

「保安官殺しだ。おれがやったことにしろ」

マクラスキーは笑みを浮かべて座席にもたれた。パクはふと、自分は今この男を逮捕するべきなのだと思ったが、思っただけで、何もしなかった。

「もう行かなくちゃ」ポリーがシャーロットに言った。

「おじさんはだいじょうぶ？」ポリーはパクに訊いた。

「ああ」とパクは答えた。「心配してくれてありがとう」

「あたしたち、父さんを病院へ連れていかなくちゃいけないから」とポリーは言った。「捜してくれてありがとう。もういいからね」

パクは彼らがハングツリーへの道をくだっていくのを見送った。やがて車は見えなくなり、パクは砂漠に取り残された。かたわらには保安官補のパトロールカーが駐まっていた。パクは血だらけのシャツを脱ぎ、寒いのに気がついて、保安官補の車に乗りこむと、その場を走り去った。

第四部

ペルディード
——
カリフォルニア

46

ポリー
ビッグベア

　父親を見るのはつらかった。胸の真ん中が本当に痛くなった。心臓の鼓動が、**父さんを、助けて、父さんを、助けて、父さんを、助けて、**と言っているように聞こえた。

　父親は病院へ行くのを拒んだ。どこか安全な場所、身を隠せる場所へ行ってくれ、とシャーロットに指示した。シャーロットはふたりをビッグベアという山の中のリゾート地へ連れていった。道の両側には常緑樹の森が要塞の壁のように続いていた。山の冷気で体がぞくぞくした。森の中にキャビンが点在する二流のホテルを見つけた。シャーロットとポリーは父親を両側から支え、夜の闇に紛れてキャビンに運んだ。運ばれる父親の口から、小さなうめきが何度も漏れた。そんなものは娘に聞かれたくないに決まっていたので、ポリーは聞こえないふりをした。

　シャーロットは食べるものを探しに出ていった。ポリーは父親の傷を洗った。優秀な看護師だった。前にもやったことがあった。

「もう終わったんだから」とポリーは父親の胸の切り傷に軟膏を塗りながら言った。「病院へ行ってもだいじょうぶだよ」

「まだだ。今つかまったら、すぐに殺される。あのボクセルという男、信用はできそうだったが、死人に借りを返すタイプじゃないかもしれない。おれはクレイグ・ホリントンがくたばるまでは、身を隠してなきゃならない」

「ねえ、お願い」とポリーは言った。「お願いだから病院へ行こう。父さんが死んじゃったらやだよ」

「おまえが看護してくれ。おまえがいちばんいい」父親は言った。

「そしたらペルディードに行ける？」

「ああ、そしたらペルディードだ」

三人は白パンのチーズ・サンドイッチと、ガソリンスタンドのタマーリを食べて暮らした。タマーリというのは、トウモロコシ粉の生地にいろんなものをくるんで蒸したメキシコ料理だ。ロッジにコンピューターが一台あった。シャーロットは毎日そこへ行ってニュースをチェックした。ポリーの父親はしばらくのあいだトップ記事になっていた。捜索が行なわれた。パク刑事は英雄になり、ネイト・マクラスキーは逃亡中の保安官殺害犯になっていた。パクはシャーロットのことは黙っていてくれたようだった。

ポリーは父親の傷口を消毒し、食べ物を小さく切ってやった。眼球のあった穴に脱脂綿を詰めた。痛くないと父親は言った。嘘に決まっていたが、それはかまわなかった。

ふたりだけになると、父親はいろんな話をしてくれた。ポリーが初めて聞く話、家族にまつわる話を。ニック伯父さんのことも話してくれた。バイクに乗って片方のタイヤだけで走れたことや、ケージの中で相手を八秒でノックアウトしたことを。ポリーがあの犬と闘ったことを話すと、父親は拍手をして、ごつい手でポリーの顔をはさみ、おれは鼻が高いよと言って、ひとつしかない眼を潤ませた。するとポリーの眼も潤んできた。

ペルディードのこともいろいろと話した。そこで何をするか。ポリーがどんなに真っ黒に日焼けするか。

父親がどんなすごい釣り師になるか。熊がどんなふうにサーフィンを憶えるか。

父親の体には瘢痕組織ができてきた。だが、すべての傷口がふさがったわけではなかった。触ると体が熱かった。シャーロットが松葉杖を二本買ってきてくれたので、父親は自力でトイレに行けるようになった。一度ポリーは、トイレにいる父親を見かけたことがあった。小便をするために便器に腰かけてシャツを持ちあげていた。刺された傷が見えた。どれも黒ずんでいて、眼をそらさなければ頭がおかしくなりそうだった。

シャーロットが熊を繕ってくれた。ポリーは父親に熊をあげた。父親のほうがポリーよりもっと熊を必要としていた。熊と父親は一緒に快方に向かった。父親はポリーと同じくらいうまく、熊にいろんな仕草をさせられるようになった。熊を両手で持って動かした。熊の口に水のボトルをあてがって飲ませる。熊が〝おしっこしたい〟というように両手で股間を押さえる。それから熊の股に人差し指を突っこんで前から突き出し、熊にベッドの縁から気持ちよく小便をさせる。ポリーは頬を赤らめ、おなかの筋肉が疲れて震えてくるまで大笑いした。父親も笑った。それでまた、あちこちの傷口がひらいてしまったけれど。

父親の体が熱を持っているのがわかった。まだ闘っているのだ。傷口のまわりの皮膚が紫色の縞になって火照っていた。

ある晩ポリーは眼が覚めた。シャーロットが父親の額をぬぐっていた。

「どんどん悪化してる」シャーロットは言った。

「おれは約束が実行されるまでは、どこへも行かないぞ」

シャーロットは喉でへんな音を立てた。彼女が自分の顔をぬぐうのを、ポリーはじっと見つめていた。

数日後、眠っている父親をポリーがじっと見守っていたとき、シャーロットがキャビンにはいってきた。

「死んだよあの男」とシャーロットは言った。「あの人たち、やってくれたんだ」

それは最新ニュースだった。ペリカン・ベイの超重警備監房で殺人。混乱を防ぐため、州全域で大々的な房内待機。クレイジー・クレイグは箒の柄に縛りつけられた刃物で突き刺され、監房内で死亡していた。ひと晩じゅう放置されて失血死したのだ。

父親はにっこりした。眠っていたわけではなかったのだ。残ったほうの眼をあけると、ポリーの手を取ってこう言った。「あとひとつだけやることがある。あいつらに会わなきゃならない」

「なんで？」父親を呑みこんでしまえばいい、それしか守る方法はない。そんなばかげた考えが浮かんだ。

「あいつらにおれがまだここにいることを知らせるためだ。まだ危険だということを」

「だめ。むりだよ。そんなにぼろぼろなのに」

「やるしかないんだ。おれはやるぞ。ここまでしておれを生かしてくれたんだ、あとひとつだけやらせてくれ。これが最後だ」

「そしたらペルディードだよ」ポリーは言った。

「ああ、そしたらペルディードだ」

47

ポリー

ビッグベア／キャステイク

強いというのはどういうことか、ポリーはもう知っていると思っていた。父親に充分に見せてもらったと思っていた。だが、それはまちがいだった。

父親は二本の松葉杖にすがってベッドを離れた。シャーロットとポリーの手を借りてシャワーを浴びた。その体は筋肉と傷痕だらけで、赤い血管が透けて見えた。それから服を着て、持っている最後の銃をズボンの背中に差しこんだ。動作はひどくゆっくりだった。ふたりは父親にドラッグストアの眼帯をつけさせた。それから車に乗りこませた。父親は老人みたいによたよたと歩いた。後部席に倒れこんだときには、荒い息をしていて、汗びっしょりだった。

ポリーは父親とともに後部席に乗りこんだ。シャーロットの運転でふたたび山をおり、ロサンジェルス方面へ戻った。

待ち合わせ場所のキャステイクの町に近づくと、シャーロットは休憩所に車を停めて、父親にシャツを着替えさせた。着てきたものには血の染みが点々と浮いていた。父親はポリーに着替えるところを見せようとしなかった。ポリーは背中を向けた。車の窓に映る姿を見た。切り傷はどれも、体に彫りこまれた溝のように見えた。

弱ってるのがばれちゃう。ばれたら襲われて、やられちゃう。

会合はトラック休憩所の食堂で行なわれた。ポリーと父親がはるか昔に立ちよったトラック休憩所ではなかったが、よく似ていて、どこか懐かしかった。

シャーロットは裏手に車を駐めた。

「いま杖を持っていくから」車を駐めながらそう言った。

「杖は要らない」と父親は言った。「歩いていく」

「じゃ、あたしが肩を貸す」シャーロットは言った。

「おまえが肩を貸してるのをあいつらに見られたら、おれたちは全員殺される」

「ばか言わないで、そんな体で――」

父親は〝黙れ〟というように手をあげた。

「あいつらはおれがどれだけ痛めつけられたのか知らないはずだ」

「そんなのひと眼見たらわかるよ」

「そんなこと、おれが気づいてないと思うか？」

「なら、あたしに――」

「ポリーが一緒に来る。おまえはここに残れ」

ポリーが先に降りた。父親のほうのドアへまわった。父親は鼻から息を吸い、口から吐いた。それから眼をあけた。車体をつかんで立ちあがった。顔の小さな筋肉がぴくぴくと引きつった。父親はそれを静めた。深呼吸をした。背筋が伸びた。顔から痛みが消えた。ポリーの学校の前に立っていたときと同じように強そうに見えた。百万年前と同じように。にやりとポリーに笑いかけると、その笑いのむこうに見えるのはもう、強さだけだった。父親は拳銃をズボンの前に差しこんだ。

「熊を持っていけ。あいつは役に立つ」

ふたりは一緒にトラック休憩所へ歩いていった。熊はポリーの手からぶらさがっていた。父親はポリーの肩に手をかけたが、それは支えてもらうためではなく、むしろ力がありあまっているので、ポリーに分けあたえるといったふうだった。

しっかりとした力強い足取りで食堂にははいった。ポリーもあとに続いた。世界の物音がいきなり大きくなったように思えた。自分たちの足音、店じゅうの人たちのおしゃべりのざわめき。現実より現実的な世界。

ポリーは父親について奥のテーブルへ行った。男がふたり座っていた。ひとりはヒスパニックで、もうひとりは白人。ひとりの二の腕には〝ブラウン・プライド〟、もうひとりの喉には〝ホワイト・パワー〟の文字。

「おまえが先に座れ」テーブルに近づくと父親はポリーにそうささやいた。ポリーは男たちの向かい側に滑りこんだ。父親もポリーの横に滑りこんできた。その動作でおなかの傷が焼けるように痛んでいるはずだったが、そんなそぶりはいっさい見せなかった。

ブラウン・プライドの刺青の男がしゃべりはじめた。父親はそれをさえぎるように、拳銃をテーブルに載せ、新聞で隠した。

「銃はなしという取り決めだったぞ」白人が言った。

「だが、どうせあんたらも持ってるだろ」と父親は言った。「おれはあけっぴろげにいく。じゃ、本題にはいろうか」

ブラウン・プライドの男が先にしゃべった。クレイジー・クレイグは死んだ。今はムーニーという男が、塀の中で〈アーリアン・スティール〉のいっさいを仕切っている。その体制でこれからはやっていく。男はそう言った。ポリーは名前を頭の中で繰りかえし、父親があとでそれについて話したくなっても憶えていられるようにした。〈アーリアン・スティール〉は父親とポリーに対する青信号を解除することに同意した。ブラウン・プライドの男はそう言った。

父親は〝よし〟というようにうなずいた。

「爪を見せてもらおう」と言った。

ホワイト・パワーの男が手書きのメモをテーブルのむこうから父親に渡した。父親はそれをちらりと見てから、ポリーのほうへ滑らせてよこした。

「読んで聞かせてくれ」と言ってから、男たちのほうを向いた。「眼が前のようには使えないもんでな」

塀の内外にいるすべての忠実なる兵士に告ぐ
ネイト・マクラスキーに対する青信号を解除する
ポリー・マクラスキーに対する青信号を解除する
復讐を行なう者
報復を行なう者は
死刑に処す
平和が訪れる
スティールよ永遠なれ、永遠なれスティールよ
総長ムーニー

ポリーが読みおわると、父親は〝よし〟というようにうなずいて、にっこりと大きく顔をほころばせた。痛みはどこへやったんだろう。弱さはどこへやったんだろう。ポリーは不思議に思った。
「おれたちはメキシコへ行く」と父親は男たちに伝えた。「少なくともほとぼりが冷めるまではむこうにいる。ただし、行く前にこれだけは言っておくぞ。娘はおれより先にメキシコから帰ってくるかもしれない。だが、髪の毛一本でもこいつが傷つけられたら、そのときは、おれがペルディードからこっそり戻ってくるからな。おまえらにはおれが来るのは見えないぞ。わかったか？」

ホワイト・パワーの男はベッドの下のお化けでも見るような眼で父親を見た。

「ムーニーはもう指令を出してる」と男は言った。そいつのタフガイのふりはいまひとつだった。場数を踏んでいないのだろうか、とポリーは思った。あたしのほうがうまいだろうと。「青信号は解除された。おれたちはクールだ」

父親は新聞を、その下の拳銃ごとつかんだ。

「なら、話はすんだ。ポリー」

父親はポリーの肩に手を触れた。その手は流水にさらしていたように冷たかった。ポリーはショックを顔に表わさなかった。ふたりはふり返りもせずに食堂を出た。

車に戻る途中で、父親は新聞をごみ缶に放りこんだ。どすっという音がした。やけに大きな音だな、とポリーは思った。途中まで来たところでやっと、今のがなんだったのかわかった。父親は銃を捨てたのだ。

父親は後部席に乗りこんだ。しっかりと体を起こして座り、隣のシートをぽんとたたいた。

「見える眼のほうに座ってほしいんだ」

ポリーは隣に乗りこんだ。

「うまくいった?」シャーロットが訊いた。

「うまくいった。行こう」父親は言った。

シャーロットがロサンジェルス方面へ車を走らせると、ポリーは窓から後ろの様子をうかがった。

「誰も来ないみたい」ポリーは言った。態が〝そうだね〟というようにうなずいた。

「ああ、きっと来ないだろう」と父親は言った。「おれたちは無事に切りぬけたはずだ」

ポリーがそうだねと相槌を打つ前に、父親は引き倒される銅像みたいに横へ倒れた。

「父さん――」

「ガラスに顔をつけると気持ちがいいってだけだ。ちょっと休みたい」

父親は頭を起こさずに手を伸ばして、ポリーの腕をぎゅっと握った。

「あの人たち、言ったとおりにするかな?」ポリーは訊いた。

「あいつらの言ったことなんかどうでもいい。重要なのは恐怖だ。あのホワイトボーイの顔に浮かんでた恐怖。おれはやつらの顔をのぞいて、そこに見えるのが恐怖だってことを確かめたかっただけなんだ。あれはたしかに恐怖だった。終わったんだよ」

車がサン・ファーナンド山地を登りきると、眼下にロサンジェルスの街並みが現われた。街のむこうに太陽が沈むところだった。ダウンタウンの高層ビルが、信じられないような色彩の後光を浴びていた。さまざまな色合いの、ピンクとオレンジと赤。街のむこうで空が燃えていた。

「うわあ」ポリーは声をあげた。

「あたし、いろんなとこで暮らしてきたけど、夕焼けじゃ南カリフォルニアにかなうところはない」シャーロットが言った。

「それはここがすごく汚れてるからだよ」ポリーは言った。

「どういうこと？」

「大気汚染。光は空気中のごみで反射するから。ごみが光を分解して、きれいに見せるわけ」

「そりゃすごいな」父親が言った。だがポリーには、父親の眼が閉じているのがわかった。

山をくだりはじめると、ポリーは車がロサンジェルスのほうへ落ちていくような感覚に襲われた。空を飛ぶのはきっとこんな感じだろう。そう思うような滑らかさでくだっていくうちに、汚れた空は美しく燃えあがり、やがて紫と黒に変わった。

車が空からおりて、ハリウッドの街路に戻ってから、ようやくポリーは父親を起こそうとした。

48

パク
ストックトン

パクはしばらく前からポリーの居どころを知ってはいた――ポリーがストックトンにひょっこり現われたときには、もちろんニュースになったから、パクもその気さえあれば、大勢の警官とともにポリーに事情聴取をしていただろう。だが、行かなかった。ひと月の医療休暇のあいだも、それから半年後にけっこうな年金とともに警察を辞めるまでのあいだも。

結局あの砂漠の一夜から一年後に、初めてパクはストックトンへ車を走らせた。まずポリーの親戚の家に行ってみると、ビール腹の男がパクをじろりとにらんだあと、すぐにパクが誰なのかに気づいて、表情を改めた。男はパクを新聞記事で見て憶えており、どこに行けばポリーに会えるか教えてくれた。その表情から、男が何かを恐れていること、その何かのせいでポリーをきちんとあつかっているのだということがわかった。

パクは教えられたちっぽけな店舗街に車を走らせ、その武術教室を見つけると、子供の格闘技(グラップリング)クラスにはいっていき、マットの外から見守っている親たちの仲間入りをした。マット上では、Tシャツに短パン姿の子供たちが組み合っていた。汗をしたたらせて。聞こえるのは足がマットをこする音と、うめき声、あえぎ。あとはときおりバタンという音。コーチはブラジル訛りのある精悍な若い男で、片隅から子供たちを指導していた。パクは一方の壁ぎわにならんだダッフルバッグのほうに眼をやった。バッグのひとつから、見憶えのある茶色の頭がのぞいていた。

ポリーは砂漠で会ったときと同じチェリー色の髪のおかげで、すぐに見つかった。七、八センチ大きくなり、筋肉質になっていた。組んでいる相手はポリーより大きな、うっすらと口髭を生やした少年だった。ポリーが少年のバックを取った。すばやく絞め技にはいろうとした。少年は力ずくでそれを逃れ、くるりと回転してこんどは自分が上になった。ポリーの片腕を背中へひねろうとした。腕力があるので、ポリーの腕を高くひねりあげたが、ポリーは抵抗して逃れた。勝ちはしないが、負けもしない。コーチがホイッスルを吹いた。闘いは終わった。ふたりは手を打ち合わせた。ポリーは笑った。とても青い眼をしていた。湖のような青ではなく、川のような青だ。

　コーチが休憩だと宣言した。ポリーはマットの外にやってくると、汗を掻いた顔をタオルでごしごしこすった。パクは近づいていった。ポリーは眼の隅でそれをとらえ、さっとパクのほうを向いた。動物的な勘が研ぎ澄まされていた。

「どうも」と言った。パクの出かたを待っている。

「親戚の家にいるんだろ」とパクは言った。「どうだ？　うまくいってるか？」

「まあまあ。そんなもんでしょ？」

「シャーロットはどうしてる？」

「まだロサンジェルスにいる。一緒に住んでもいいみたいなことを言ってくれたけどね。本気じゃないのがわかった。それはいいんだ」

「お父さんはどうしてる？」

「南へ行った。ペルディードへ。隠れるのをやめるわけにはいかないもん。だって保安官を殺した犯人なんでしょ？」その眼は〝あれは秘密だよね〟と語っていた。

「ああ」とパクは言った。「でも、おれの聞いたところじゃ、お父さんは隠れていないらしい。ロサンジェルスにいるらしい」

ポリーは〝へえ、そう？〟というように微笑んだ。

「先週サンタ・クルーズで〈ナチ・ドープ・ボーイズ〉のドラッグハウスを襲ったという話だ。おれはそれを、警察にいるふたりの友人から別々に聞いた」

「ふうん」

「じゃ、ほんとなのか？」

「みんながそう言うなら、そうなんじゃない」

「でもきみは今、お父さんはペルディードに行ったと言ったぞ」

「じゃ、そこにいるんじゃない」

「アーロン・カーターという男の死体が見つかった。通称A・ロッド。おれの集めた情報によると、きみたちふたりはその男と二度、揉めている。悪いやつだ。見つかったのは一週間前。いい死にかたじゃなかった。〈アーリアン・スティール〉の連中のあいだじゃ、やったのはきみのお父さんだと言われてる」

ポリーは〝だったらなに？〟という眼でパクを見た。

「だけど、おれはどう考えてると思う？」

ポリーは〝言えば〟というように肩をすくめた。

「おれは、お父さんは死んだと考えてる」

「いま父さんが人を殺したと言ったばっかりじゃん。死んでたらどうしてそんなことができるの？」

「お父さんは死んだんだと思う。今のはただの噂なんだと思う。ロビン・フッドやブギーマンみたいな。伝説だ」

ポリーは何も言わなかった。パクは壁ぎわのジムバッグのひとつを顎で示した。バッグから熊が顔をのぞかせていた。

「あの子は元気になったんだな」

「そこが本物じゃないところのいい点」とポリーは言った。「本物じゃなければ、いつまでも死なない」

誰のことを話してるんだ、とは訊かなかった。

「で、きみは安全なのか？」かわりにそう訊いた。

「父さんが生きてて、みんなが父さんを怖がってるかぎりはね。で、父さんは生きてる。だからあたしは安全」

「父さんが見つかってしまったらどうする？」

タフガールの表情がちょっと崩れた。その表情の下から、ポリーとシャーロットがスコップを手に硬い大地と闘った長い一夜が垣間見えた。

「そう。わかるだろ」とパクは言った。

ふたりのあいだの沈黙が濃くなった。

「きみを助けてあげられるかもしれない」とパクは言った。「いい学校に入れて。普通の暮らしができるように」

ポリーはまるで自分が大人で、パクのほうが子供だというように微笑んだ。

「普通の暮らし？　あたしはそんな暮らしを送るようにはならない。もっとちがう暮らしを送るはず。でも、それはいいんだ。どのみち普通だったことなんてないもん。あたしは金星の子なんだから」

「金星？」

「なんでもない」

コーチがホイッスルを吹いた。

「行かなきゃ」

「そうだな」とパクは言った。もじもじと言葉を探した。自分がなぜこんなところまで来たのかわからなくなった。たんにポリーに会うためか？　砂漠でのできごとが自分の夢ではなかったと確かめるためか？

ポリーはパクのほうをふり返った。

「そうそう。あたしを捜してくれてありがとう。うれしかったよ、気にかけてくれる人がいるんだと思うと」

「気にかけてたわけじゃないんだ」とパクは言った。

「きみを追いかけてたときはね。自分勝手な理由で追いかけてたんだ。でも、今は気にかけてる」

「へんなの」とポリーは言った。「じゃ、またね」

パクはしばらくポリーを見ていた。ポリーがマットに転がるのを。取っ組み合って負けるのを。取っ組み合って勝つのを。

「クールダウン」とコーチが声をかけた。ポリーもほかの子たちもストレッチ体操を始め、体から闘いを払い落とし、水を飲んだ。親たちが立ちあがった。

パクが出口のほうへ歩きだしたとき、誰かが音楽をかけた。ベースの利いた曲、荒々しく生き生きとした自由な曲を。なんという曲かパクは知らなかったが、あの子にぴったりな曲だと思った。

謝辞

小説は難しい。初めてともなれば、なおさら難しい。このろくでもないものを頭蓋からつかみだそうともがくわたしに我慢してくれたみんな、ありがとう。

ありがとう、草稿を読んで入力してくれたジェディダイア・エアーズとデイヴィッド・オズボーン。ありがとう、ナット・ソーベルとメガン・リンチ。いつものようにその支援と炯眼に感謝する。ありがとう、曲を書いてくれた〈ボーズ・オブ・カナダ〉、〈エレクトリック・ウィザード〉、〈Sunn O)))〉、〈スリープ〉、〈アース〉。

ありがとう、熊。きみは本物じゃないが、真実だ。

解説

評論家
堺 三保

ロサンゼルスに母そして養父と住んでいるポリーは、クマのぬいぐるみが友達の、内気なごく普通の少女だ。だが、彼女の父ネイトが刑務所から出てきた瞬間から、ポリーの人生は一変することとなった。ネイトに恨みを持つ白人ギャング団のボスが、ネイトとその家族全員の抹殺指令を出したのだ。そのためポリーの母が殺されてしまい、ポリーは助けに来たネイトと共に逃亡の旅に出る。二人を追うのは、ネイトを殺人犯だと考えている警察と、抹殺指令にかけられた多額の賞金に目が眩んだロサンゼルス中の犯罪者たち。はたしてネイトに逆転の策はあるのか？　父の運転する車の助手席に乗って逃亡を続けるポリーは、やがてタフな闘士へと成長していく……。

本書は、二〇一八年度エドガー賞最優秀新人賞を受賞したジョーダン・ハーパーの *She Rides Shotgun*（2017）の全訳である。原題の「ショットガンに乗る」という表現はいかにも物騒だが、これはスラングで、その意味は「助手席に乗る」というものだ。ちなみに、これとは逆に「後部座席の真ん中に、友人二人に挟まれて乗る」ことを「Rides Bitch（あばずれに乗る）」と表現するらしい。ただし、いずれもかなり下品なスラングらしいので、あまり普通の人は使わないはずだ（イギリスでは使われない表現だということで、イギリス版はタイトルが *A Lesson in Violence*（暴力の教え）に変更になった）。また、この表現をずばりそのままタイトルに使った *Girl Ridin' Shotgun* という歌がある。これはカントリー・シンガーのジョー・ディフィーの曲で、アメリカ南部の道路を、美人を助手席に乗せて走る若者の喜びを歌ったものだ。カントリーであることも考え合わせると、いかにも田舎の白人男性の好みに合った感じの歌だと言っていい。要するに、アメリカ人ならタイトルからすでに、本書があまり裕福ではない階層の白人たちの物語であることが、なんとなく予想できるということだろう。

そんな本書の最大の読みどころは、視点がくるくると変わりつつスピーディに展開するストーリーのテンポの良さと、凶悪な犯罪者たちが蠢く暗黒街の迫力とリアリティに満ちた描写、そして何よりもヒロインであるポリーをはじめとする登場人物たちを必要最小限の筆致で魅力的に描き出す巧みなキャラクター造形にある。そして、これらの特徴は全て、作者であるジョーダン・ハーパーがテレビの犯罪ドラマの脚本家として現役で活躍中であることと無縁ではないと言っていいだろう。

二〇〇一年に放送が開始された『CSI：科学捜査班』の大ヒットから、最新ドラマの*FBI*（日本未放映）にいたるまで、アメリカでは、かつての刑事ドラマよりもさらにリアルな捜査プロセスを描くことに焦点に当てた、プロシジャー（手続き）ドラマと呼ばれる「犯罪捜査もの」が大量に製作され、何本ものヒット作が生まれていて、もはや一時のブームではなくサブジャンルとして定着したとおぼしい。

そんな中、リアルな犯罪ドラマ（クライム・フィクション）を犯罪者の側から描いた作品が、プロシジャードラマのブームの合間を縫うようにして生まれてきている。例えば、一介の高校教師が合成麻薬の製造者兼密売人としてのし上がっていく姿を描いた『ブレイキング・バッド』、カリフォルニアの地方都市を舞台にバイカーギャングたちの抗争劇を描いた『サン・オブ・アナーキー』、さらには『ボーダーライン』、『ウインド・リバー』、『最後の追跡』などの映画脚本で、強烈な犯罪アクションの書き手として一躍名をはせたテイラー・シェリダンがケビン・コスナーを主役に迎えた現代西部劇 *Yellowstone*（日本未放映）等々、今や、アメリカにおけるもっとも強烈なクライム・フィクションの主戦場は、テレビドラマ界にあると言っても過言ではない賑わいぶりなのだ。

これら現代のアメリカテレビドラマの大きな特徴は、なんといってもそのシナリオの完成度の高さにある。一話四十数分という短い尺の中で、緩急に溢れた意表を突く展開と、短いセリフと印象的な動作で登場人物たちの性格や個性を表現するテクニックの巧みさが、視聴者の興味をそらさないのだ。そして、同じことが本書の特徴にもなっているのである。

本書の作者、ジョーダン・ハーパーはミズーリ州スプリングフィールド出身。音楽ジャーナリスト、映画評論家を経て、二〇一一年からテレビドラマの仕事に就き、一四年から『メンタリスト』、『ゴッサム』といったドラマの脚本を書くようになった。特に『メンタリスト』は、前述のプロシジャードラマの中でも傑作に挙げられる作品の一つで、ハーパーの筆力はその現場で鍛えられたのだと考えて良い。本書はそんな彼の第一長篇で、他の著作に短篇集 *Love and Other Wounds* がある。

ハーパー本人は、ネット媒体のインタビューなどで、本書に影響を与えた作品として、『子連れ狼』や『レオン』、『ペーパー・ムーン』といった、大人と子供のペアが主人公として登場する犯罪ドラマを挙げている。特に『子連れ狼』については、こういうサブジャンルの先駆的な作品としてその影響を大きく位置づけているのが、我々日本人としてはとても嬉しいところだ。また、本人が好きな作家はジェイムズ・エルロイとコーマック・マッカーシー、さらにはクエンティン・タランティーノだそうで、そこらあたりも本書の作風から見て納得の顔ぶれだと言えるだろう。おもしろいのは、元音楽ジャーナリストらしく、いわゆるギャングスタ・ラップからの影響も大きいと言っているところで、ラッパーのゴーストフェイス・キラこそ、現代最高のハードボイルド作家だと考えているという。

ちなみに、ハーパーは最初、ネイトを主人公として本書を書いていたのだが、どうにもしっくりとこなくて、途中で放り出していたらしい。ところが、ポリーの視点パートを増やして書き直し始めた途端、さくさくと筆が進んで本書が完成したのだとか。今となっては、本書の主人公はポリーだと考えていて、最初からポリーを主役として書いていけばよかったのに、少女を主人公にしてこんな殺伐とした話を書く勇気が最初は欠けていたのだとのこと。我々読者からすると、主人公はポリー以外の何者でもないとしか思えないのだから、創作というのはおもしろい。

さて、そんなハーパーの近況だが、なんと本書の映画化が進行中で、その脚本を自分で書き上げたという。小説に関しては長篇小説二作を並行して執筆中だそうで、どちらも本書同様の犯罪小説だという。直近の最大の話題としては、ジェイムズ・エルロイの『LAコンフィデンシャル』（かつて映画化されたバージョンも傑作だったが）のテレビドラマ版が製作中で、そのエグゼクティブ・プロデューサーを勤めているとのこと。いずれの企画も楽しみすぎるではないか。大型新人作家の登場を寿ぎつつ、筆をおきたい。

二〇一八年十二月

HAYAKAWA POCKET MYSTERY BOOKS No. 1939

鈴木 恵（すずき めぐみ）

早稲田大学第一文学部卒，
英米文学翻訳家
訳書
『アルファベット・ハウス』ユッシ・エーズラ・オールスン
『深夜プラス1〔新訳版〕』ギャビン・ライアル
『その雪と血を』『真夜中の太陽』ジョー・ネスボ
『ニューヨーク 1954』デイヴィッド・C・テイラー
『われらの独立を記念し』スミス・ヘンダースン
『ボーン・トゥ・ラン』ブルース・スプリングスティーン（共訳）
（以上早川書房刊）他多数

この本の型は，縦18.4センチ，横10.6センチのポケット・ブック判です.

〔拳銃使いの娘〕

2019年1月15日初版発行　2019年12月15日3版発行

著者　ジョーダン・ハーパー
訳者　鈴木 恵
発行者　早川 浩
印刷所　星野精版印刷株式会社
表紙印刷　株式会社文化カラー印刷
製本所　株式会社川島製本所

発行所　株式会社　早川書房
東京都千代田区神田多町2－2
電話　03-3252-3111
振替　00160-3-47799
https://www.hayakawa-online.co.jp

（乱丁・落丁本は小社制作部宛お送り下さい
送料小社負担にてお取りかえいたします）

ISBN978-4-15-001939-6 C0297
Printed and bound in Japan